DESSINS

PAR RIOU

LA
SOEUR PERDUE

PAR

MAYNE-REID

✡

PETITE BIBLIOTHÈQUE BLANCHE

ÉDUCATION ET RÉCRÉATION

J. HETZEL ET Cᵉ 18 RUE JACOB

PARIS

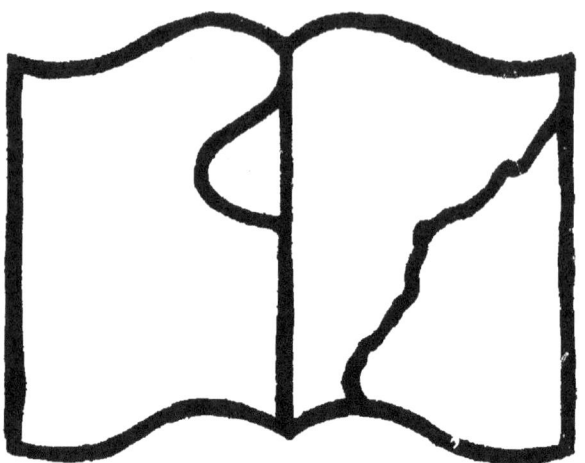

Texte détérioré — reliure défectueuse

NF Z 43-120-11

J. HETZEL ET Cⁱᵉ, 18, RUE JACOB, PARIS

PETITE BIBLIOTHÈQUE BLANCHE

Broché, 1 fr. 50 — 42 VOLUMES GR. IN-16 ILLUSTRÉS — Toile aquarelle, 2 fr.

ALDRICH (Bentzon).	Un écolier américain.
AUSTIN (S.)	Boulotte.
BEAULIEU (A. de)	Mémoires d'un Passereau.
BENTZON (Th)	Yette.
BERTIN (M.)	Les deux côtés du mur.–Pays des défauts.–Les Douze.
BIGNON	Un singulier petit Homme.
BREHAT (De)	Les Aventures de Charlot et de ses sœurs.
CHATEAU-VERDUN	M. Roro.
CHERVILLE (de)	Histoire d'un trop bon Chien.
DIENY	La Patrie avant tout.
DUMAS (A.)	La Bouillie de la comtesse Berthe.
DUPIN de St-André.	Le petit Jean.
FEUILLET (Octave).	La Vie de Polichinelle.
GÉNIN (M.)	Un Petit Héros. –Grottes de Plémont et Pai
LA BEDOLLIERRE(de).	Histoire de la mère Michel et de son chat.
LEMAIRE	Le Livre de Trotty.
LEMONNIER (C.)	Les Joujoux parlants. — Histoires de huit bêtes d'une Poupée.
LERMONT (J.)	Mes Frères et moi.
LE ROY (O.)	† La Pupille de Polichinelle.
LOCKROY (S.)	Les Fées de la Famille.
MARSHALLS	Le Petit Jack.
MAYNE-REID	† La Sœur perdue.
—	Les Exploits des jeunes Boërs.
—	Les Chasseurs de Girafes.
MOUANS (A.)	La Maison blanche.
—	Frisonne l'Engourdie.
MULLER (Eug.)	Récits enfantins.
MUSSET (P. de)	M. le Vent et Mᵐᵉ la Pluie.
NODIER (Ch.)	Trésor des fèves et Fleur des pois.
OURLIAC (E.)	Le Prince Coqueluche.
PERRAULT (P.)	Les Lunettes de Grand'maman. — Exploits de Mario.
SAND (George)	Gribouille.
SPARK (L.)	Fabliaux et paraboles.
STAHL (P.-J.)	Le Chemin glissant.—Les Aventures de Tom Pouce.
—	Contes de tante Judith. — Le Sultan de Tanguik.
VERNE (Jules)	Un Hivernage dans les glaces.

Bradel, 1 fr. ALBUMS STAHL EN COULEURS, IN-4° Bradel, 1 fr.

FRŒLICH.. *Chansons et Rondes de l'Enfance.*	Au clair de la lune. — La Boulangère a des écus. — Le Bon Roi Dagobert. — Cadet-Roussel. — Il était une Bergère. — Giroflé-Girofla. — Malbrough s'en va-t-en guerre. — La Marmotte en vie. — La Mère Michel. — Monsieur de la Palisse. — Nous n'irons plus au bois. — La Tour, prends garde. — Compère Guilleri. — Sur le pont d'Avignon.
BECKER....	Une drôle d'École.
CASELLA..	Un déjeuner sur l'herbe. — Les Chagrins de Dick.
COURBE	† Du Matin au soir.
FRŒLICH..	Le Pommier de Robert. — Les Frères de Mademoiselle Lili.
FROMENT..	Tambour et trompette. — Le Plat mystérieux.
GEOFFROY.	Don Quichotte. — Gulliver. — L'Ane gris.
KURNER....	Une Maison inhabitable.
DE LUCHT.	Les 3 montures de John Cabriole. — Pêche au Tigre.—L'Homme à la flûte. — Robinson Crusoé. — Une leçon d'équitation.
MÉRY	La Guerre autour d'un cerisier.
TINANT	Drames en trois actes. — Un premier Jour de Vacances. — Un Colin-Maillard accidenté. — Les Pêcheurs ennemis. — La Revanche de Cassandre. — Un Voyage dans la neige. — Du haut en bas. — Le Berger ramoneur.
TROJELLI..	Alphabet musical de Mˡˡᵉ Lili.

27827. — Imp. Gauthier-Villars et fils, 55, quai des Grands-Augustins.

LA SOEUR PERDUE

COLLECTION HETZEL

LA

SOEUR PERDUE

PAR

MAYNE-REID

ILLUSTRATIONS PAR RIOU

PETITE BIBLIOTHÈQUE BLANCHE

ÉDUCATION ET RÉCRÉATION

J. HETZEL ET Cᴵᴱ, 18, RUE JACOB

PARIS

LA SOEUR PERDUE

UNE HISTOIRE DU GRAN CHACO

CHAPITRE PREMIER

EL GRAN CHACO. — DEUX VOYAGEURS

Étendez devant vous une carte de l'Amérique du Sud ;
fixez vos yeux sur le confluent de deux grandes rivières :

le Salado, qui vient des montagnes des Andes dans une
direction sud, et le Parana, qui descend du nord. Remontez
le premier fleuve jusqu'à la ville de Salta dans l'ancienne
province de Tucuman ; puis, le long du second fleuve et de
son tributaire, le Paraguay, allez jusqu'au fort brésilien
de Coïmbra ; joignez ces deux points par une ligne légèrement recourbée, tournant sa convexité vers la grande
Cordillère des Andes, et vous aurez tracé la frontière qui
limite une des contrées du continent d'Amérique les
moins connues, et pourtant l'une des plus intéressantes.
C'est une région aussi romantique dans son passé que
mystérieuse dans son présent, aussi fermée de fait à la
civilisation qu'à l'époque où les bateaux de Mendoza essayè-
rent vainement de l'atteindre du côté du sud et où les cher-
cheurs d'or, désappointés à Cusco, tentèrent de l'explorer
du côté de l'ouest. C'est la région de « El gran Chaco ».

Ce territoire que nous venons de nommer, assez vaste
pour y fonder un empire, non seulement n'a pas été encore colonisé, mais il reste même complètement inex-
ploré (1).

Pourquoi n'a-t-il pas été soumis au travail de l'homme?
La réponse est facile : parce que l'homme qui l'habite est
un chasseur et non un agriculteur.

Ce pays est resté le domaine de ses propriétaires à peau
rouge, seigneurs primitifs de son sol, race d'Indiens bel-

(I) A l'époque où Mayne-Reid écrivait ce récit, il n'était pas question des
explorations du docteur Brenaux et de M. de Brettes.

liqueux qui, jusqu'à présent, ont défié toutes les tentatives faites pour les rendre esclaves.

Ces sauvages indépendants, montés sur des chevaux infatigables qu'ils dirigent avec une habileté de centaures, parcourent les plaines du Chaco, rapides comme l'oiseau emporté par le vent.

Tel se présente le Gran Chaco, que le pied de l'homme blanc n'a presque jamais foulé ; aussi frais et aussi virginal que le jour où il est sorti des mains de Dieu.

Je dis : « presque jamais foulé ». En effet, tandis qu'avec des yeux ravis nous admirons le paysage, nous voyons deux formes d'êtres vivants se détacher sur l'horizon lointain.

Ce sont bien véritablement des êtres humains, ils marchent vers le centre de la plaine ; ils s'approchent ; déjà on distingue en eux des cavaliers ; les voici plus près encore : leur visage est blanc.

Bien qu'ils chevauchent côte à côte, les étriers se touchant, pas un mot n'est et n'a été échangé entre eux depuis le moment où ils nous sont apparus au milieu de la plaine.

Un seul d'ailleurs, un gaucho, semble être en état de parler. Son compagnon, quoique installé solidement sur sa selle, porte la tête d'une façon étrange. On dirait qu'elle tombe plus bas que ses épaules et incline légèrement à droite. Malgré l'ombre projetée par son chapeau, on distingue déjà que ses yeux sont fermés. On ne peut supposer qu'une chose, c'est qu'il est tout au moins endormi.

Outre son attitude singulière, la nuance de sa peau est remarquable, son teint de blond, rare sous ces climats méridionaux, est d'une pâleur extraordinaire. Ses lèvres elles-mêmes sont complètement décolorées. Éveillé ou endormi, ou aveugle, ce cavalier n'est évidemment pas en bonne santé.

L'animal s'en soucie peu. Il n'a pas besoin de se sentir conduit, et règle son pas sur celui de l'étalon monté par le gaucho. L'un et l'autre s'avancent lentement.

Tout indique qu'ils ne sont pas pressés. Cela résulte des mouvements mêmes du gaucho.

En arrivant au centre de la plaine, celui-ci arrête brusquement son cheval pour porter vers le zénith un regard plus attentif.

« Nous avons six heures encore devant nous, et dans trois heures, même avec cette allure de tortue, nous atteindrons l'*estancia*. A quoi bon y arriver avant le coucher du soleil ? Pobre señora ! Pour ce qu'elle a à voir, il vaut mieux qu'il fasse nuit. »

Bien que ses yeux soient tournés vers lui, ces mots ne s'adressent pas à son immobile compagnon, dont le cheval s'est arrêté en même temps que celui du gaucho.

« Que faire ? continue-t-il en se parlant encore à lui-même. Je vais d'abord, car c'est plus pressé, me débarrasser de ce poncho qui m'étouffe. Il fait chaud sous ce soleil comme dans une fournaise. »

Il fit passer son manteau par-dessus sa tête et l'étendit en travers sur le pommeau de sa selle; puis, regardant son compagnon, il ajouta :

« Il n'est, hélas! pas besoin de lui ôter le sien. Ce n'est pas la chaleur qui le gênera, bien sûr. »

Cela dit, il reste tout pensif sur sa selle, puis il observe la plaine comme s'il cherchait à y découvrir quelque chose.

Son regard s'est arrêté sur un bouquet d'arbres *algarrobas* qui croissent à peu de distance. Leurs troncs sont entrelacés par un réseau de plantes parasites et ils apparaissent comme un îlot boisé sur la surface d'une mer d'émeraude immobile.

« Je puis me permettre de me reposer sous leur ombre, reprit-il ; j'ai besoin de reprendre des forces, Dieu le sait, pour me donner le courage d'accomplir ma tâche. *Pobre señora y los niños!* (Pauvre dame, pauvres enfants!) Quelle terrible nouvelle je leur rapporte. »

Cependant, l'autre voyageur ne prononce pas un mot; il semble que rien ne puisse l'éveiller, car son cheval, en tournant subitement dans une autre direction à côté de celui du gaucho, l'a fait vaciller sur sa selle, sans que sa paupière se soit relevée.

CHAPITRE II

UNE ESTANCIA SOLITAIRE

Quoique l'embouchure connue du Pilcomayo soit presque à portée de canon de la capitale du Paraguay, de la première ville fondée par les Espagnols dans cette partie de l'Amérique du Sud, aucun Paraguayen n'a jamais eu l'idée de suivre son cours.

Et cependant, en l'année de Notre-Seigneur 18.., un voyageur remontant cette mystérieuse rivière, aurait pu apercevoir une maison s'élevant sur une des rives et qui n'avait certainement été bâtie que par un homme blanc, ou du moins par une personne initiée aux usages de la civilisation.

On se trouvait là en présence non pas d'une simple hutte ou *toldo*, mais d'une riche *estancia*. L'intérieur de la maison montrait d'une manière encore plus frappante que le propriétaire était un blanc.

Dans quelques chambres, ainsi que sous la véranda, on pouvait remarquer un curieux assemblage d'objets bien différents de ceux qu'aurait amassés un indigène. Il y avait là des peaux de bêtes sauvages et d'oiseaux empaillés, des insectes piqués sur des morceaux d'écorce, des papillons et de brillants scarabées, des reptiles conservés dans tout leur hideux aspect, avec des échantillons

« NE SOYEZ DONC PAS SI INQUIÈTE, MA CHÈRE MÈRE... » (PAGE 15).

de bois, de plantes et de minéraux provenant de la région environnante.

Personne, en entrant dans cette maison, n'aurait pu se méprendre sur son caractère, c'était la demeure d'un naturaliste, et quel autre qu'un blanc eût pu songer à se livrer à des études d'histoire naturelle dans ces contrées?

S'il reste encore quelques doutes au sujet des habitants de cette demeure solitaire, ils s'évanouiront à la vue des trois personnes qui en sortent et prennent place sous la véranda. L'une d'elles est une femme; son aspect, sa tournure sont d'une personne distinguée. Son âge ne dépasse pas la trentaine. Bien que son teint ait la nuance olivâtre de la race hispano-mauresque, son sang est évidemment celui de la pure race caucasienne. Elle a été et est encore une très belle personne. Son attitude, l'expression de ses grands yeux à demi baissés prouvent qu'elle a connu les pensées graves et l'inquiétude.

Ses compagnons sont des adolescents, tous deux presque du même âge. L'un a quinze ans, l'autre a dépassé seize ans. Leur taille et leur complexion sont légèrement différentes. Le plus jeune est plus mince, son teint serait d'une blancheur parfaite si le soleil ne l'avait hâlé; ses cheveux de couleur claire tombent en boucles sur ses joues et les traits de son visage font voir qu'il descend d'une race septentrionale.

Quant à l'autre, bien qu'il soit un peu plus grand de taille, il semble plus robuste : tout dit en lui qu'il est plein de force, d'activité et de vigueur. Son teint est presque aussi foncé que celui d'un Indien. Le jeune homme est un Paraguayen, sa tante, la belle et charmante femme que nous venons d'entrevoir, est une Paraguayenne. Tout dans son allure montre qu'elle est la maîtresse du logis.

L'adolescent aux cheveux châtain doré lui donne le titre de mère, et cela semblerait étrange à cause de son teint, mais l'explication deviendrait facile si on pouvait le voir à côté de son père, malheureusement absent pour le moment. C'est l'absence de son mari, c'est celle aussi d'une autre personne également chère, qui amènent le nuage que nous avons noté sur le front de la jeune femme.

« *Ay de mi!* murmura-t-elle, le regard toujours fixé sur la plaine, qui peut les retarder?

— Ne soyez donc pas si inquiète, ma chère mère, mon père peut avoir fait quelque rencontre heureuse qui lui a fait oublier le temps ; un oiseau rare, une plante curieuse, quelque gibier nouveau peut l'avoir retardé ou entraîné, sans qu'il s'en doutât, plus loin qu'il ne comptait. »

Le brave garçon essayait évidemment par ces paroles de rassurer sa mère.

« Non, mon Ludwig, répondit-elle, non, ce n'est rien de tout cela, car votre père n'était pas seul. Francesca l'accompagnait. Vous savez que votre jeune sœur n'est pas habituée à de grandes excursions, et il ne se serait pas hasardé à aller au loin avec elle. Je ne puis supposer aucune bonne raison à cette absence prolongée.

— Près de mon père et avec le concours du gaucho, que peut-il arriver de mal à Francesca? » dit Ludwig.

Ludwig prononça ces mots, mais sans y ajouter foi lui-même. Aussi bien que sa mère, il savait que la tribu de Naraguana, les *Tovas,* qui, par exception, était l'amie des habitants de *l'estancia,* ne parcourait pas seule cette partie du Chaco.

Les autres tribus, les *Mbayas,* les *Guaycurus* et les *Anguites* la parcouraient aussi, et celles-ci étaient les ennemies mortelles de tous les hommes à peau blanche.

« Madre de Dios! répétait sans cesse la malheureuse épouse et l'infortunée mère, quelle peut être la cause d'un tel retard? »

Le soleil du matin se leva rouge et brûlant sur la ver-doyante pampa. Il s'élevait dans l'est, au-dessus des montagnes du Paraguay.

L'épouse inquiète y pensa sans doute; c'était de ce côté qu'était venue la tempête qui les avait balayés, elle et son mari, dans le Chaco et les avait obligés à chercher un asile sous la protection des sauvages.

Lorsque les rayons d'or brillèrent entre les branches du grand arbre dont le feuillage couvrait l'édifice, on voyait encore trois personnes sous la véranda, les mêmes que la veille au soir, la mère, le fils et le neveu. Tous se tenaient le visage tourné vers l'ouest et leurs regards interrogeaient anxieusement la plaine. Tous étaient sous l'empire d'un douloureux pressentiment, et Ludwig lui-même, jusqu'alors si confiant, du moins en apparence, ne pouvait plus trouver de paroles d'encouragement pour sa mère.

Une heure se passa encore; dans l'esprit des trois spectateurs, ce n'était déjà plus l'anxiété du doute auquel se mêle toujours quelque secret espoir, il ne restait plus qu'une agonie presque impossible à supporter. Cypriano n'y tenait plus. Son imagination plus vive lui montrait son oncle et sa cousine déchirés en lambeaux, mourants, morts peut-être.

« Je ne puis pas rester ici davantage, s'écria-t-il, je ne suis bon à rien; laissez-moi partir, ma tante; Ludwig veillera sur vous. Il vaudrait un homme pour vous défendre. Qui sait si je n'arriverai pas à propos pour ceux que nous attendons? Fiez-vous à moi et ne craignez rien pour moi, je vous en supplie. »

Ni Ludwig, ni sa mère ne firent d'opposition au généreux désir de Cypriano.

« Pars, mon enfant, lui dit sa tante, et que Dieu veille sur chacun de tes pas.

— Oui, pars, lui dit Ludwig à l'oreille, et combien je voudrais partir avec toi! mais je n'ose abandonner ma mère dans cette maison que rien ne protège.

— Elle ne te laisserait pas partir, » lui répondit Cypriano en se jetant dans ses bras.

CHAPITRE III

LE RETOUR DU MARI

Le jeune homme quitta rapidement la véranda.

Dix minutes après, on pouvait le voir, monté sur un petit mais vigoureux cheval, galoper à travers la plaine.

Ceux qu'il avait laissés derrière lui suivaient encore silencieusement du cœur et du regard la direction qu'il avait prise, que déjà il avait disparu à son tour.

Le soleil descendit encore une fois sur la contrée, rien n'apparut dans la plaine, aucune forme ne détacha sa silhouette sur les nuages rouges qui bordaient l'horizon.

La lune brilla au ciel et ils attendaient toujours!

Enfin! enfin! leur attente sembla devoir être récompensée; sous la bande argentée que traçait l'astre de la nuit à la surface de la pampa on vit s'approcher trois formes sombres, on aperçut trois chevaux dont chacun portait un cavalier; deux étaient de grande taille, le troisième était plus petit.

Un cri de joie sortit des lèvres de Ludwig. « Les voilà! » s'écria-t-il. Puis, s'arrêtant soudainement : « C'est étrange, ajouta-t-il, ils ne sont que trois : sans doute mon père, Gaspardo et Francesca. Cypriano les aura manqués et il cherche encore. »

Enfin les trois voyageurs arrivèrent tout près de l'enclos. Avant qu'ils eussent atteint la porte, la mère et son fils, d'un mouvement subit, s'étaient portés à leur rencontre.

La lumière de la lune permit à la première de reconnaître le manteau de son mari et le costume pittoresque du gaucho. Mais comment cela se faisait-il? le troisième voyageur portait, lui aussi, des vêtements d'homme : c'était Cypriano!

Elle poussa un cri déchirant.

« Où est Francesca ? »

Personne ne répondit, ni son mari, ni le jeune homme.

« Oh Dieu! fit Gaspardo en gémissant, c'est trop, trop terrible! *Señora! señora!*

— *Señora!* malheureux, n'avez-vous que cela à me dire? L'entendez-vous, mon cher mari? Qu'y a-t-il, *querido?* Pourquoi baissez-vous ainsi la tête? Est-ce le moment de dormir? Un père doit-il dormir qui revient vers sa femme sans lui ramener sa fille qu'elle avait remise à sa garde? »

En disant ces mots elle s'avança d'un mouvement violent vers le cavalier qui portait les vêtements de son époux.

En mettant sa main sur le bras qui pendait inerte près de l'arçon de la selle, le pâle visage de son mari lui apparut sous les rayons mystérieux de la lune. L'infortunée señora n'eut besoin de personne pour lui faire connaître pourquoi les yeux de son époux étaient fermés. Son mari dormait du sommeil éternel!

Elle poussa un cri qui aurait ranimé un mort, si un mort pouvait être ranimé, et elle tomba évanouie sur le sol.

Elle était en présence du cadavre de son mari : Ludwig Halberger.

Ce nom d'Halberger semble indiquer une origine germanique. La vérité est que Ludwig Halberger était de race alsacienne et Pennsylvanien de naissance, car il avait reçu le jour à Philadelphie.

C'était un amant passionné de la nature, qui était allé dans l'Amérique du Sud pour y trouver un champ plus vaste, où il pût se livrer à ses goûts pour les sciences naturelles.

Vers l'année 18.., il s'établit dans la capitale du Paraguay, qui devint alors le centre de ses études et de son activité. Asuncion étant comme sa base d'opérations ; il se rendait souvent dans la contrée environnante, surtout dans le Gran Chaco. Il était assuré d'y trouver des espèces curieuses, tant du règne végétal que du règne animal, et non encore décrites, parce que là toute recherche était accompagnée d'un danger.

Tandis que le fils de la Pennsylvanie était ainsi occupé à découvrir les secrets de la nature, le besoin d'aimer et de se constituer une famille naquit dans son cœur. Il se maria avec une jeune et belle Paraguayenne dont les qualités devaient être pour lui des gages de bonheur.

Pendant dix ans, ils vécurent heureux en effet ; un beau et charmant garçon et une fille d'une rare beauté, image de sa mère, vinrent après quelques années embellir de leurs jeux et de leur gai babil la demeure du chasseur naturaliste.

L'INFORTUNÉE SENORA TOMBA ÉVANOUIE. (PAGE 19.)

Plus tard, la famille s'augmenta par la présence d'un jeune enfant orphelin, Cypriano, qui appelait les enfants ses cousins.

L'habitation d'Halberger, située à environ un mille de la ville d'Asuncion, était fort belle. On y trouvait tout ce qui peut rendre la vie agréable.

Mais à cette époque, comme si un mauvais génie eût jalousé cette innocente existence, un nuage funèbre vint tout couvrir de son ombre.

La beauté remarquable de sa femme alors dans tout son éclat était devenue célèbre. Elle eut le malheur d'attirer les regards du dictateur Francia, qui alors était le député du Paraguay. La réputation méritée de vertu de la jeune femme eût imposé le respect à tout autre, mais Francia était de ceux que rien n'arrête. Le naturaliste et sa femme comprirent bientôt que le repos de leur foyer domestique était en péril, et qu'il ne leur restait qu'un parti à prendre : abandonner le Paraguay. Mais la fuite n'était pas seulement difficile, elle semblait absolument impossible.

Une des lois du Paraguay défendait à tout étranger marié à une Paraguayenne de faire sortir sa femme du pays, sans autorisation spéciale, toujours difficile à obtenir. Comme Francia était à lui seul tout le gouvernement, il ne faut pas s'étonner que Ludwig Halberger, désespérant d'obtenir cette permission, ne pensât même pas à la demander.

Devant cette inextricable difficulté, il songea à chercher un asile dans le Chaco, et ce fut là, en effet, qu'il se réfugia.

Pour tout autre que lui, une pareille entreprise eût été une folie. En effet, la vie de tout homme blanc trouvé sur le territoire des sauvages du Chaco devait être à l'avance considérée comme perdue.

Mais le naturaliste avait des raisons pour penser autrement. Entre les sauvages et le peuple du Paraguay, il y avait eu des intervalles de paix — *tiempos de paz* — pendant lesquels les Indiens qui trafiquaient des peaux et des autres produits de leur chasse avaient l'habitude de venir sans crainte se promener et faire leurs échanges dans les rues d'Asuncion.

Dans l'une de ces occasions, le chef des belliqueux Tovas, après avoir absorbé du *guarapé* dont il ne soupçonnait pas les effets stupéfiants, s'était enivré très innocemment. Séparé de ses compatriotes, il avait été entouré par une bande de jeunes Paraguayens qui s'amusaient à ses dépens. Ce chef était cité pour ses vertus : en voyant ce vieillard ainsi bafoué, Halberger, saisi de pitié, l'arracha du milieu de ses bourreaux et l'amena dans sa propre demeure.

Les sauvages, s'ils savent haïr, savent aussi aimer ; le fier vieillard, touché du service qui lui avait été rendu, avait juré une éternelle amitié à son protecteur et en même temps lui avait donné la liberté du « Chaco ».

Au jour du danger, Halberger se rappela l'invitation. Pendant la nuit, accompagné de sa femme et de ses enfants, prenant avec lui ses *péons* et tout le bagage qu'il pouvait emporter avec sûreté, il traversa le Parana et pénétra dans le Pilcomayo sur les bords duquel il espérait trouver la *tolderia* du chef Tovas.

Le voyage s'accomplit heureusement. Le naturaliste parvint à atteindre le village des Indiens Tovas et installa sa nouvelle demeure à quelque distance. Il bâtit une jolie maison sur la rive septentrionale du fleuve et fut bientôt propriétaire d'une riche *estancia* où il pouvait se considérer comme à l'abri des poursuites des *cuarteleros* de Francia.

C'est là que, pendant cinq ans, il mena une vie d'un bonheur presque sans mélange : tout entier à ses études favorites, entouré de sa charmante et dévouée compagne, de ses chers enfants, des serviteurs fidèles qui avaient suivi sa fortune. Parmi ces derniers figurait en première ligne le bon Gaspardo, son aide intelligent pendant ses recherches et constant compagnon de ses excursions.

On l'a compris, le cavalier qui revenait froid et inanimé sur sa selle était Ludwig Halberger ; c'était lui que Gaspardo ramenait à sa femme et à son fils désespérés.

CHAPITRE IV

UNE MAISON EN DEUIL

Gaspardo, envoyé à la recherche des absents, avait rapidement trouvé leur piste ; il l'avait suivie jusqu'à un bouquet d'algarrobas qui s'élevait sur la berge du fleuve. Là

LE CHEVAL SE TENAIT AUPRÈS DU CORPS. (PAGE 26.)

il avait rencontré avec horreur le cadavre de son maître, traîtreusement assassiné. Son cheval, qui, pour une raison quelconque, avait échappé à la cupidité des meurtriers, se tenait auprès du corps comme s'il eût espéré le voir se dresser sur ses pieds et remonter en selle.

Cachés par les algarrobas, les assassins avaient sans doute suivi à pied leur victime, ils s'étaient précipités sur elle et l'avaient certainement frappée à l'improviste avant même qu'elle eût pu soupçonner leur présence. Telle était du moins l'opinion du gaucho.

« Et mon enfant? s'écria l'infortunée mère en interrompant ces tristes détails. Francesca est-elle morte, elle aussi?

— Non, non, señora! répliqua aussitôt Gaspardo. Je suis persuadé que ce cher ange est encore vivant. *Santissima!* Les sauvages du Chaco eux-mêmes n'auraient pas eu le cœur de la mettre à mort. S'ils l'avaient tuée, il y en aurait quelque trace, et je suis sûr de n'en avoir vu aucune ; pas un lambeau de vêtement, pas une seule marque de lutte n'a pu être découverte par moi. Vous voyez par ce qui est arrivé pour le père qu'ils n'auraient pas pris la peine d'emporter le cadavre de la fille. Non, señora, elle ne peut être que vivante.

— Je l'aimerais mieux... morte, » s'écria tout à coup la mère infortunée.

En prononçant ce mot, le visage de la pauvre mère refléta l'expression des terreurs affreuses qui l'avaient envahie à l'idée de la captivité de sa fille.

« Oh! mère, ne dites pas cela, cria Ludwig en jetant ses bras autour du cou de la señora. Il n'existe pas au monde d'être assez misérable pour faire du mal à une créature aussi innocente que ma sœur Francesca! Nous irons à sa recherche, nous remuerons ciel et terre, nous la retrouverons, nous la délivrerons avec l'aide de Dieu et nous la ramènerons, je vous le jure. »

Pendant ce temps, le gaucho, aidé par les *péons* indiens et toujours fidèle à la mémoire de son maître, disposa ses restes d'une manière convenable pour les ensevelir, tandis que le fils maintenant orphelin et son cousin Cypriano discutaient ensemble les meilleurs moyens à employer pour assurer le succès de l'entreprise qu'on allait tenter.

Malgré toute leur douleur, ils ne pouvaient s'empêcher de penser à Francesca ; l'horreur qui les avait saisis l'un et l'autre à la vue du corps inanimé d'Halberger, de leur père, de leur meilleur ami, loin de les plonger dans le désespoir, n'avait eu pour effet que de surexciter leur énergie.

La douleur et la nécessité avaient fait d'eux subitement des hommes aussi capables de penser que d'agir. Bientôt Gaspardo vint les retrouver, et à eux trois ils tinrent une sorte de conseil. Ils examinèrent et discutèrent toutes les circonstances qui avaient amené et entouré le meurtre d'Halberger.

Le crime avait été accompli par des Indiens. Le gaucho n'avait aucun doute touchant ce fait qu'il avait pu lire écrit sur le terrain parcouru par les empreintes des chevaux.

Cependant l'idée leur vint aussi qu'il n'était pas impossible que les soldats du dictateur l'eussent exécuté.

Toutefois, sans nier que Francia fût bien capable de cette cruauté, Gaspardo ne la lui attribuait pas. Si les traces des chevaux eussent appartenu à des cuarteleros, leurs bêtes ou au moins quelques-unes d'entre elles eussent été ferrées. Il avait suivi leurs traces pendant une distance considérable, jusqu'au moment où il avait vu l'impossibilité de pousser plus loin ; il les avait examinées avec le plus grand soin, et il n'avait pas reconnu les cavaliers de Francia. L'unique empreinte de fers qu'il eût remarquée était évidemment celle du poney sur lequel était partie Francesca.

Quels Indiens avaient commis le crime ? Ils ne connaissaient que les Tovas, mais il en existait d'autres. Ce ne pouvait pas être des Tovas, dont le vieux et vénérable chef avait été souvent leur hôte et toujours leur protecteur.

Gaspardo ne le pensait pas, et Ludwig rejeta cette supposition.

Chose étrange, Cypriano fut d'un avis contraire.

Lorsqu'on lui demanda ses raisons, il les donna. Elles venaient plutôt de son cœur que de sa tête, et cependant elles étaient pour lui pleines de probabilité.

Il rappela que le chef des Tovas avait un fils, un jeune homme un peu plus âgé que lui-même. Ludwig et Gaspardo s'en souvenaient aussi. Cypriano avait observé un fait qui avait échappé à l'observation de son cousin et du gaucho : les yeux du jeune Indien s'étaient arrêtés souvent avec admiration sur les traits charmants de Francesca.

L'affection de Cypriano pour sa cousine contenait une certaine somme de jalousie qui lui donnait une clairvoyance qui pouvait manquer à un frère.

Si muettes, si respectueuses qu'elles fussent, les attentions du jeune Indien pour sa cousine, que Cypriano chérissait, loin de plaire à celui-ci, lui avaient donc été particulièrement désagréables — et, pour tout dire, elles lui avaient laissé un souvenir qui dominait tout en ce moment.

Le père du jeune Indien était l'ami d'Halberger, mais le fils n'avait pas les mêmes raisons que le père pour que cette amitié lui fût sacrée. — C'était une nature sombre et violente d'ailleurs. Cypriano, élevé à côté de Francesca, s'était, sans se l'avouer à lui-même, sans en rien dire en tout cas, complu à rêver que, le temps aidant, la gentille compagne de ses jeux pourrait devenir celle de sa vie entière.

Pourquoi le jeune Indien n'aurait-il pas pensé comme lui? Était-il dès lors déraisonnable d'imaginer que le projet lui fût venu de ravir Francesca, dans un âge encore assez tendre pour qu'elle pût oublier, au milieu des habitants de la tribu, les habitudes de la vie civilisée?

Quoi qu'il en fût, il n'y avait qu'une seule ligne de conduite à adopter. Il fallait aller chercher les Tovas dans

la nouvelle localité qu'ils habitaient. Si la tribu tout
entière ou seulement une portion s'était rendue coupable
du double crime, le chef Naraguana ne manquerait pas
d'en faire justice, même sur son propre fils, Gaspardo en
était convaincu.

Si les Indiens d'une autre tribu avaient commis l'assassinat et l'enlèvement, Naraguana aiderait ses amis à venger le meurtre et à faire rendre la liberté à la jeune fille. Il
fallait donc partir et se mettre à la recherche de Francesca.

Cypriano lutta en vain contre la décision qu'avait prise
Ludwig de faire partie de l'expédition.

« Il a raison, avait dit sa mère. Je n'ai besoin de rien
tant que vous ne m'aurez pas ramené Francesca. Nos serviteurs suffiront à la garde de la maison, et d'ailleurs...
qu'importe ce qui peut m'arriver? Ludwig partira. »

Les premiers rayons du soleil du matin brillèrent sur
le sol humide encore d'une tombe nouvellement creusée;
avant que la terre se séchât, on put voir trois cavaliers,
harnachés et approvisionnés pour un long voyage, s'éloigner de l'*estancia* solitaire, tandis qu'une femme en vêtements de deuil s'agenouillait sous la véranda et envoyait
au ciel ses plus ferventes prières pour le succès de l'expédition.

CHAPITRE V

LE CORTÈGE D'UNE PRISONNIÈRE

Retournons sur nos pas. Pendant que le corps inanimé de Ludwig Halberger gisait encore, seul et silencieux, à l'ombre des algarrobas, on aurait pu voir à peu de distance une troupe de cavaliers se diriger à travers la pampa et fuir, à n'en pas douter, le théâtre de l'assassinat.

Leur costume et la couleur de leur peau les faisaient reconnaître pour des Indiens, cependant l'un d'eux se distinguait des autres par ses vêtements et son teint; c'était un homme blanc et appartenant à la race castillane. Tous les autres cavaliers étaient des jeunes gens dont pas un ne dépassait l'âge de vingt ans; chacun portait à la main une javeline et des bolas, pendues sur l'épaule ou accrochées à l'arçon de la selle.

Tous étaient montés sur de petits chevaux nerveux à longue crinière et à longue queue.

Il y avait là, en tout, une vingtaine d'hommes sur lesquels dix-neuf étaient presque vêtus de la même façon, bien que la matière de leurs vêtements ne fût pas identique.

Deux étaient cependant habillés d'une manière différente des autres.

Tout d'abord un jeune Indien, évidemment le chef de la troupe. Il avait une sorte de ceinture autour des reins; par-dessus et flottant négligemment sur ses épaules, il portait un manteau assez semblable à un *poncho*.

Il était coiffé d'un bonnet en forme de casque, fabriqué avec une peau de cheval tannée, d'une blancheur de neige et entouré d'une rangée de plumes de *rhéa*, plantées verticalement dans un cercle brillant. D'autres ornements placés sur son corps et autour de ses membres, et le harnachement de son cheval, le désignaient comme le premier personnage de la troupe. Il n'avait avec lui que des jeunes gens, mais lui aussi était un jeune homme et bien certainement il n'était pas l'aîné de ses compagnons.

Le seul homme blanc qui se trouvait parmi ceux-ci, offrait à l'œil un type véritablement remarquable. — Sur ses traits se lisait une expression de férocité mélangée de ruse qu'on retrouvait d'ailleurs sur la figure du jeune chef qui chevauchait à côté de lui.

La longue lance qui dépassait de beaucoup ses épaules montrait sur sa pointe d'acier une teinte plus rouge que celle de la rouille. C'était la couleur vermeille du sang, séchée et brunie par les rayons du soleil, et toutefois encore assez fraîche pour dénoter que l'arme avait été récemment employée. C'était cette même lance qui avait percé la poitrine de Ludwig Halberger.

Si un doute s'était élevé à cet égard, il eût été bientôt dissipé par la présence d'une troisième personne qui s'avançait un peu en arrière et qui évidemment était gardée comme une captive. C'était une jeune fille à laquelle on eût pu donner quinze ans, bien qu'elle n'en eût que quatorze. Elle possédait déjà dans toute son attitude certaines

IL Y AVAIT LA, EN TOUT, UNE VINGTAINE D'HOMMES. (PAGE 31.)

grâces de la femme, ainsi que cela arrive fréquemment dans l'Amérique espagnole où l'adolescence commence plus tôt que dans nos froids climats.

L'impression suprême de tristesse répandue sur sa figure ne parvenait pas à en altérer la beauté. Elle montait encore le petit cheval sur lequel elle avait quitté sa demeure, mais un des cavaliers indiens s'était emparé de la bride et ne lui permettait plus de le guider.

De temps à autre, l'un des cavaliers se dressait sur son cheval et examinait pendant un moment la plaine. Mais cette action ne provenait pas de la crainte d'une poursuite, c'était simplement la satisfaction d'une curiosité.

Cependant une sorte d'inquiétude existait au fond des cœurs de ces Indiens ou tout au moins chez leur chef.

La conversation entre les deux sauvages qui formaient l'arrière-garde fera mieux comprendre le sujet de cette inquiétude. Ils venaient de parler, avec une admiration mêlée de pitié, de la beauté de leur captive et des liens d'amitié qui avaient existé entre leur vieux chef et Halberger.

« Nous pourrions bien avoir à regretter ce que nous avons fait, suggéra le plus sage des deux.

— Quel regret? demanda son compagnon. Le père du jeune chef n'est-il pas mort?

— Naraguana vivant n'aurait jamais permis cela.

— Naraguana ne vit plus.

— C'est vrai. Mais son fils Aguara n'est qu'un jeune homme comme nous-mêmes. Il n'a pas encore été élu chef de notre tribu. Les anciens peuvent être mécontents ; quelques-uns d'entre eux, comme Naraguana, étaient les amis de celui qui a été tué. Qui sait si nous ne serons pas punis pour cette expédition ?

— Ne crains rien, le parti de notre jeune chef est le plus puissant, et de plus ce *vaqueano* là-bas, fit le sauvage en désignant l'homme à la lance, prendra toute l'affaire sur lui. Il a déclaré qu'il affirmerait que c'est une querelle qui le regarde seul. »

La conversation fut interrompue par un cri venant de l'avant-garde : c'était un cri d'alarme, et un moment après, chaque Tovas, dressé sur son cheval, interrogeait d'un regard inquiet les confins de la plaine.

La jeune fille resta immobile sur sa selle ; on sentait que dans sa pensée rien ne pouvait ajouter aux horreurs de sa situation ; elle était indifférente à de nouveaux coups du sort.

La cavalcade parcourait alors un espace dépouillé d'arbres, l'une de ces *traviesas* ou terrains stériles qu'on rencontre dans le Chaco.

Les voyageurs étaient entrés dans ce désert pour éviter le détour causé par un crochet du fleuve. Quand retentit le cri d'alarme, ils se trouvaient à environ dix milles du cours d'eau et à peu près à la même distance du bois le plus proche. Ce cri avait été poussé par le renégat qui marchait en avant et qui aussitôt arrêta son cheval et se dressa sur ses étriers.

CHAPITRE VI

LA TORMENTA

Rien absolument n'apparaissait. Le soleil achevant sa carrière brillait dans un ciel sans nuage et projetait en noires silhouettes sur la plaine blanche les ombres des chevaux et des cavaliers. Aussi loin que pouvait porter la vue on n'apercevait aucun être vivant, pas même un oiseau traversant ce triste désert.

Mais, bien qu'aucun nuage ne se détachât sur la voûte bleue de l'atmosphère, on pouvait cependant, à force d'attention, découvrir une légère vapeur débordant l'horizon lointain, directement en face des cavaliers.

Elle était à peine perceptible, toutefois l'œil exercé du vaqueano l'avait remarquée et y avait lu l'approche d'un danger.

« Qu'est-ce donc ? demanda le jeune chef en poussant son cheval auprès de celui du vaqueano.

— Caramba ! ne le voyez-vous pas ? repartit l'Espagnol en montrant l'horizon.

— Je vois un petit nuage ; rien de plus.

— Rien de plus ?

— Non. On dirait plutôt de la fumée, mais ce ne peut être cela ; il n'y a pas un brin d'herbe à dix milles à la ronde dont on puisse faire du feu. Du reste, que pourrions-nous craindre ici, ne sommes-nous pas chez nous ?

— Ce n'est ni de la fumée, ni du feu ; c'est bien pis, c'est de la poussière.

— De la poussière ! mais alors elle ne pourrait provenir que du galop d'une troupe de cavaliers ?

— Nous n'avons rien à redouter de ce genre ; des hommes ? un ennemi ? Allons donc ! Aussi n'est-ce de rien de pareil qu'il s'agit. Si ce n'était que cela, nous pourrions nous mettre à l'abri d'une attaque en retournant vers les bois. Mais cette poussière n'est produite ni par des hommes ni par des chevaux. Si mes yeux ne me trompent pas, c'est la *tormenta*.

— La tormenta ! répétèrent d'une seule voix tous les Indiens et d'un ton qui dénotait qu'ils ne connaissaient que trop bien le terrible phénomène.

— Oui ! s'écria le vaqueano après avoir examiné le nuage encore pendant quelques secondes. C'est bien la tormenta et pas autre chose. Malédiction ! »

Déjà l'ombre s'était sensiblement étendue le long de l'horizon et elle grandissait rapidement sur le fond bleu du ciel. Elle présentait une couleur d'un brun jaunâtre semblable à un mélange de vapeur et de fumée tel que celui qui provient des flammes à demi éteintes d'un incendie. Parfois des traits de lumière indiquaient qu'elle était sillonnée d'éclairs.

Cependant, à l'endroit où les sauvages s'étaient arrêtés, le soleil brillait encore avec sérénité, et l'air calme et tranquille n'était pas agité du moindre souffle.

Mais ce calme n'était pas sincère ; il était accompagné d'une chaleur lourde et étouffante dont plusieurs d'entre les Indiens s'étaient plaints quelques instants auparavant. Ils venaient à peine de cesser de parler, chacun des hommes de la troupe avait à peine eu le temps de se rendre compte du péril qui les menaçait, et déjà, en moins de temps qu'il ne faut pour le dire, de violentes rafales d'un vent glacé avaient fondu sur eux avec une telle fureur, que quelques-uns des jeunes gens, perdant tout à coup l'équilibre, avaient roulé à terre, précipités par cette force invisible.

Bientôt, à la clarté radieuse du jour succéda, sans transition, une épaisse obscurité, comparable à celle de la nuit, et ils s'en trouvèrent comme enveloppés. Le nuage de poussière avait passé devant le disque du soleil, et l'avait complètement éclipsé.

. . . .

Bien loin de là, sur la berge d'une rivière, se dresse un bivouac ; un feu de campement brille gaiement, trois hommes sont assis tout autour.

Ces hommes viennent de passer la nuit en cet endroit, quelques bagages sont épars çà et là, et près d'eux trois chevaux non sellés sont encore attachés à leurs piquets.

Deux de ces hommes sont à peine entrés dans l'âge de la virilité ; le troisième est plus âgé, il a environ trente ans.

Il n'est pas besoin de dire quels sont ces trois voyageurs :

le lecteur aura deviné Gaspardo, Ludwig et Cypriano.

Nous l'avons dit, Mme Halberger avait elle-même exigé que son fils accompagnât son cousin et Gaspardo. Ils ne seraient pas trop de trois pour la tâche qu'ils entreprenaient, et quant à elle, dans son estancia, sous la garde de ses fidèles péons, elle ne devait courir aucun danger.

Ils ne sont encore que sur le bord du Pilcomayo, à une journée de distance du point de départ de leur expédition. Ils sont arrivés en cet endroit en suivant les traces des assassins. Fatigués par leur marche rapide et par deux nuits sans sommeil, ils ont campé sur la piste.

Leur expédition n'est ni un divertissement, ni une promenade, ni une chasse. Ils poursuivent des assassins et des ravisseurs, ils ont hâte de continuer à les suivre. Aussi leur déjeuner est-il bientôt expédié. Les deux jeunes gens sont déjà debout, le pied à l'étrier. Que fait donc le gaucho, son repas fini? Quelle raison peut-il avoir de s'attarder auprès du bivouac?

Quelque chose le préoccupait, à côté même de la douleur qui leur était commune à tous. Il avait à plusieurs reprises quitté le feu et même le déjeuner pour parcourir le terrain découvert qui s'étendait aux environs. Il s'était chaque fois arrêté auprès d'un certain arbre avec une attention singulière.

C'était un arbre de taille médiocre avec de légères feuilles vertes qui le désignaient comme appartenant à l'espèce des mimosas, et aux longues branches duquel pendaient des grappes de belles fleurs jaunes. Le regard du gaucho se fixait sur ces fleurs et les jeunes gens pouvaient distinguer dans toute sa contenance les signes persistants de l'inquiétude.

« De quoi s'agit-il donc, Gaspardo ? demanda enfin Cypriano cédant à son impatience ; nous devrions déjà être loin d'ici, nos moments sont précieux.

— Je le sais, *patron;* mais si cet arbre dit vrai, s'il n'est pas menteur, nous aurions tort de nous presser. Venez ici! Et regardez ces fleurs. »

Quittant leurs chevaux, les jeunes gens s'approchèrent de l'arbre et examinèrent ses grappes embaumées.

« Qu'ont donc de particulier ces fleurs! reprit Cypriano ; je n'y vois rien d'étrange.

— Moi, j'y vois quelque chose, dit Ludwig, qui avait reçu de son père quelques leçons de botanique. Ces corolles sont à demi fermées et elles ne l'étaient pas il y a une demi-heure. Je les ai remarquées et elles étaient en plein épanouissement.

— Ne bougez pas, fit Gaspardo, et observons encore. »

Ses compagnons obéirent. Après cinq minutes d'examen ils virent que les corolles des fleurs s'étaient encore plus fermées, tandis que les pétales se recroquevillaient et se crispaient sur elles-mêmes.

« *Ay Dios!* s'écria le gaucho, il n'y a plus de doute, nous allons avoir une tempête, un *temporal* ou une *tormenta!*

« VENEZ ICI, ET REGARDEZ CES FLEURS! » (PAGE 40.)

— Ah! interrompit Ludwig, c'est un arbre *ninay*. J'ai
souvent entendu mon père en parler.

— Oui, mon jeune maître. Regardez ces fleurs, elles se
ferment encore ; dans moins d'une heure nous n'en verrions
plus une seule, il n'y aurait plus que des boutons. Que faire?
il serait malsain pour nous de rester ici, et d'autre part
cela n'avancerait en rien notre voyage. Nous ne savons pas
au juste le moment où la tempête arrivera sur nous, mais,
à la façon dont parle ce baromètre, elle promet d'être violente.

— Mais ne pouvons-nous pas nous abriter dans la forêt?

— Ce serait bon pour des Indiens d'aller chercher dans
la forêt un remède pire que le mal. La forêt! *patron,* si
c'est une tormenta, il vaut mieux cent fois nous trouver au
milieu de la plaine. Nous n'y serons pas à l'aise, mais nous
y serons toujours moins exposés que sous des arbres dont
la chute pourrait nous écraser. J'ai vu les plus gros algarrobas déracinés, balayés par une tormenta et voltigeant
en l'air comme des plumes d'autruche.

— Quel parti prendre, alors?

— Vraiment, répondit le gaucho, mieux vaut encore
monter sur nos chevaux et courir à toute vitesse devant
nous. Voilà! ce sera toujours autant de chemin de fait, et
après, à la grâce de Dieu! Allons, mes enfants! en selle et
suivez-moi. Je n'ai pas été pendant trois ans prisonnier des
Indiens du Chaco sans connaître un peu leur pays. Si je ne
me trompe, nous avons chance d'atteindre une grotte qui

pourrait nous servir de refuge sur le bord du fleuve ; c'est loin d'ici, malheureusement, mais qui ne risque rien n'a rien. »

A ces mots il sauta en selle, les deux cousins l'imitèrent, et tous trois, enfonçant leurs éperons dans les flancs de leurs montures, ils eurent bientôt laissé derrière eux le feu du bivouac qui pétillait encore.

Tout en se hâtant de fuir le danger qui les menaçait, les trois cavaliers suivaient toujours la piste des sauvages qui, par bonheur, se dirigeait vers l'endroit où Gaspardo espérait trouver un abri contre la tempête. On ne quittait pas le bord du fleuve coupé çà et là par des hauteurs plus ou moins abruptes.

Malgré leurs craintes, ils ne pouvaient s'empêcher de songer aux assassins qu'ils poursuivaient et ils agitaient toujours la question de savoir si les ravisseurs de Francesca étaient oui ou non des Tovas, lorsque la voix de Gaspardo se fit entendre :

« Ce sont les Tovas! s'écria-t-il, le doute n'est pas permis. »

Au même instant, il arrêtait brusquement sa monture et désignait quelque chose sur le sol, tout à côté de son cheval.

« Regardez, voilà la preuve de leur culpabilité. »

Ludwig et Cypriano s'avancèrent pour examiner ce qu'il leur désignait ainsi.

C'était un objet sphérique à peu près de la dimension

d'une orange et d'une couleur brun foncé. Tous deux reconnurent une *bola*, pierre ronde, couverte de cuir cru, et
semblable à l'une de celles qui pendaient aux arçons de
leurs propres selles.

« Quelle preuve trouvez-vous là, Gaspardo? dit Cypriano.
C'est une bola que quelqu'un a laissée tomber ou dont la
courroie s'est brisée. Mais qu'est-ce que cela prouve? Tous
les Indiens Chaco ne portent-ils pas des bolas?

— Oui, mais pas de pareilles à celle-ci. Examinez-la,
dit-il en se penchant sur sa selle et ramassant la bola sans
quitter les étriers ; y voyez-vous le moindre signe de rupture?
Non, elle n'a jamais été attachée par une courroie? Caramba! señores, c'est une *bola perdida!*

— Une *bola perdida!* Je n'ai jamais entendu parler
de cela, dit Ludwig.

— Ni moi non plus, ajouta Cypriano.

— J'en ai entendu parler, moi, dit le gaucho, et j'ai
vu aussi ses effets. C'est une arme dont les Indiens se
servent avec une adresse qui vous surprendrait. Ils la lan-
cent à plus de trente mètres et en frappent la tête d'un
ennemi avec autant de sûreté que si elle sortait du canon
d'une carabine. *Maldita!* J'ai vu des crânes écrasés par un
pareil coup mieux que s'ils avaient été brisés par un bâton
de *quebracho*. La *bola perdida*, señores! ce n'est pas un
jouet d'enfant, je vous l'assure.

— Mais quelle preuve avez-vous qu'elle ait été perdue
par des Tovas? »

Cette question était faite par Ludwig.

« Ils sont les seuls Indiens qui puissent l'avoir laissée tomber, car eux seuls se servent de cette arme. Aucune autre tribu ne l'emploie. N'en doutez pas, mes enfants, elle a été perdue par un traître Tovas. »

Les deux jeunes gens firent un signe d'assentiment, et, dès ce moment, ils surent que la piste qu'ils suivaient alors était certainement la piste des Tovas.

Cette connaissance acquise d'une façon si inattendue affecta les voyageurs bien différemment. A Ludwig elle donna, sinon de la joie, du moins un rayon d'espérance de retrouver sa sœur, tandis que chez Cypriano elle ne produisit qu'un désespoir plus sombre encore.

De nouveaux incidents vinrent faire diversion à leurs pensées. L'atmosphère, après s'être graduellement assombrie, s'était épaissie presque subitement autour d'eux, au point de faire succéder presque instantanément la nuit au jour.

« Vite, vite ! cria Gaspardo en mettant son cheval au grand galop ; si nous n'atteignons pas la grotte, nous sommes perdus. Courez, si vous tenez à la vie ! »

Les deux jeunes gens lancèrent comme lui leurs chevaux à toute vitesse.

« Nous arrivons à temps ! Grâce à la mère de Dieu, nous arrivons à temps ! »

Cette exclamation sortit des lèvres de Gaspardo au moment où, suivi de ses jeunes compagnons, il faisait passer son cheval par l'ouverture d'une caverne.

Cette caverne se trouvait dans un rocher à pic, s'élevant au-dessus d'un arroyo qui, un peu plus bas, se jetait dans le Pilcomayo. Son entrée donnait sur le bord du ruisseau, à quelque distance seulement de l'eau courante.

« Oui, nous arrivons au bon moment, ajouta le gaucho en exhalant un soupir de soulagement. Caramba! entendez-vous?... voyez-vous? Regardez dehors! »

Il parlait encore, quand un éclat de tonnerre étouffa sa voix. C'était la tempête. C'était la tourmente dont les grondements, répercutés soudain par les échos du ravin, prirent en un instant une effroyable intensité. Des nuages de poussière tourbillonnaient dans la plaine et semblaient vouloir accourir sur eux.

« Dépêchons, descendez de cheval, cria Gaspardo à ses deux compagnons, en leur donnant l'exemple. Prenons nos ponchos, mes enfants, attachons-les ensemble, et si nous ne voulons pas être étouffés dans cet antre, bouchons-en l'entrée le mieux et le plus vite que nous pourrons. »

Les jeunes gens n'avaient pas besoin d'être mis en demeure de ne pas perdre un instant.

« Maintenant, dit Gaspardo, dès qu'ils eurent achevé leur besogne en fixant les ponchos avec leurs couteaux, nous pouvons nous regarder comme en sûreté, et je ne vois pas de raison pour ne pas nous installer dans ce trou aussi confortablement que le permettent les circonstances.

En prononçant ces mots, le gaucho se dirigea vers son

cheval, et fouillant un moment sous son recado, il réussit à trouver un briquet.

CHAPITRE VII

ENTRE UN TIGRE ET UN TORRENT

Gaspardo avait commencé à frapper la pierre, et quelques étincelles scintillaient déjà du milieu de la profonde obscurité, quand un bruit inattendu au milieu de tous les bruits de la tempête vint tout à coup frapper ses oreilles et arrêter sa main.

Ses deux compagnons l'avaient entendu comme lui ; les trois chevaux, qu'il avait inquiétés aussi bien que leurs trois cavaliers, donnèrent soudain des signes évidents de terreur. Ils se mirent à hennir et à piétiner le sol. Une seconde fois ce bruit frappa ses oreilles, c'était un effrayant rugissement, et il n'y avait pas à s'y tromper, hommes et chevaux l'avaient reconnu en même temps. C'était le rugissement d'un tigre.

Tout d'abord, ils avaient cru que le terrible animal devait se trouver au fond même de la grotte. Mais quand le cri retentit de nouveau, ils comprirent que le tigre ne devait être qu'à l'entrée, de l'autre côté des ponchos.

L'avantage n'était pourtant pas considérable ; la frêle

barrière des manteaux ne les protégerait guère plus qu'une toile d'araignée contre les griffes du féroce animal, s'il était venu, comme c'était probable, chercher un refuge dans la caverne qui leur servait d'asile.

« Le *jaguareté* est un chat. Il voit aussi bien de nuit que de jour, dit Gaspardo ; s'il pénètre ici, nous n'avons qu'une ressource, c'est de le combattre et de le tuer. »

Tous les trois, d'un mouvement commun, s'armèrent de leurs fusils et s'assurèrent en outre que leurs pistolets étaient dans leurs ceintures.

Le jaguar était encore dehors, poussant un rugissement sourd comme s'il eût demandé à entrer, et stupéfait évidemment d'être arrêté devant sa demeure habituelle par cet étrange obstacle.

Les trois voyageurs s'étaient réunis derrière les ponchos, et côte à côte, les armes à la main, ils firent face à l'endroit d'où l'attaque devait arriver, après avoir fait rapidement passer leurs chevaux derrière eux.

Fallait-il, sans plus attendre, envoyer une décharge à travers le rideau en visant au juger dans la direction que leur indiquaient les mouvements de leur adversaire ?

Cette suggestion venait de Cypriano ; elle avait été à peine formulée qu'un cri rauque avait retenti comme une sorte de réponse, et une seconde après, les deux cousins roulaient sur le dos jusqu'au fond de la grotte, culbutés l'un sur l'autre par l'élan du formidable animal qui d'un bond s'était jeté sur l'obstacle et avait du même coup

LA BALLE AVAIT TOUCHÉ DROIT AU CŒUR. (PAGE 50.)

4

renversé deux de ses adversaires. Gaspardo seul était resté debout.

« Par saint Antoine, s'écria-t-il, l'imbécile s'est pris dans nos ponchos. Ne bougez pas, vous deux, restez à terre, je vais faire feu. »

Un éclair brilla, la détonation d'un pistolet se fit entendre. Le tigre foudroyé roulait à son tour sur le sol.

Les deux jeunes gens furent bientôt debout. Le gaucho battit le briquet, et tous les trois s'approchant de leur victime, ils purent constater que le pistolet du gaucho avait admirablement fait sa besogne ; la balle, par un hasard providentiel, avait touché droit au cœur.

Cependant, par l'ouverture, le vent, la poussière et le froid pénétraient à l'envi dans la grotte et y tourbillonnaient tout à leur aise. Nos trois voyageurs s'empressèrent de débarrasser leurs ponchos du corps du tigre, et ayant retrouvé leurs couteaux, ils parvinrent à s'abriter une fois encore contre la tourmente.

Ce travail accompli, Gaspardo allait se préparer à faire un bon feu ; mais il fut arrêté par une pensée qui se présenta soudain à son esprit.

« Quand il y a un jaguareté quelque part, dit-il, on a observé que ces aimables personnages ne manquent jamais de chasser deux par deux. Nous avons tué la femelle, nous aurions eu plus de mal si nous avions eu affaire au mâle. Or, à moins d'incident extraordinaire, le mâle doit rôder dans les environs et nous courons le risque de le

voir arriver à tout moment pour nous réclamer son gîte.
J'en conclus que, pour nous assurer contre sa visite, il
nous faut boucher notre porte d'une façon un peu plus
solide.

« Construisons-nous une barricade et vivement! nous
pouvons l'élever intérieurement, sans déranger le rideau
jusqu'au moment où elle sera assez haute. Ne perdons pas
un instant. Vous deux, apportez-moi des pierres, je les
mettrai à leur place. »

Ludwig et Cypriano ne se firent pas prier. Ils se mirent à
l'œuvre avec ardeur, et ce fut à qui soulèverait les plus
gros débris pour les mettre à la disposition du gaucho.

Les pierres furent disposées et arrangées par Gaspardo
en forme de muraille grossière. Bien que construite dans
l'obscurité, elle était assez forte pour résister aux attaques
d'un animal quelconque, l'éléphant excepté. Or, comme
il ne se trouve pas d'éléphants dans le Chaco, les voyageurs
semblaient n'avoir plus rien à craindre.

Tel était l'avis de Gaspardo, qui encore une fois battit
le briquet, et la torche de cire dont un gaucho ne se
sépare jamais fut enfin allumée.

C'était un gros bout de cierge, long d'environ six
pouces et fabriqué avec la cire de l'abeille sauvage qu'on
emploie dans les églises du Paraguay.

Mais à peine la flamme eut-elle pris toute sa vigueur
que les yeux des voyageurs eurent la très désagréable
surprise d'être subitement arrêtés par la vue d'une seconde

peau de jaguar, non moins mouchetée, mais bien plus brillante que la première. Le nouveau jaguar, non pas mort celui-là, mais vivant et bien vivant, était couché sur un bloc de rocher à l'extrémité la plus reculée de la grotte.

Il avait au moins deux fois la taille de celui qui avait été tué et son aspect était dix fois plus effrayant. Au premier coup d'œil, on le reconnaissait pour le mâle dont Gaspardo avait parlé.

« C'est le mâle! dit-il aussitôt que la lumière du cierge lui eut permis de le distinguer. *Santissima!* et nous nous sommes donné bien du mal pour nous assurer sa compagnie! »

Ses amis, pétrifiés par la surprise, gardaient le silence.

« Il n'y a pas deux partis à prendre, reprit le gaucho. Ouvrons notre barricade, défaisons de nos mains l'ouvrage de nos mains. Détruire est plus facile que bâtir. — A l'œuvre donc. Que Cypriano, qui a une bonne arme, fasse sentinelle. Si le jaguar bouge, visez à l'œil, mon enfant! »

Et tandis que Ludwig tenait le cierge, Gaspardo, dont la force musculaire était doublée par l'imminence du danger, se mit à démolir sa muraille.

Dès qu'une ouverture fut pratiquée, suffisamment grande pour leur livrer passage ainsi qu'à leurs chevaux, le gaucho écarta les ponchos, jeta un regard au dehors et poussa un cri de frayeur.

« Qu'y a-t-il, Gaspardo? demanda Ludwig.

— Il y a, répondit Gaspardo avec un geste de désespoir, il y a qu'il n'y a pas moyen de sortir. Regardez ! »

L'eau s'était élevée de six pieds au-dessus de son premier niveau et elle coulait en bas de la caverne avec la violence d'un torrent. Le courant balayait jusqu'à l'entrée de la grotte et ne laissait pas un pouce de sentier par lequel les hommes et les chevaux pussent opérer leur retraite. Toute issue était évidemment coupée. La circonstance était critique, car demeurer dans la caverne, c'était rester à la discrétion du jaguar.

Le ciel, en s'éclairant, projetait jusqu'au fond de l'antre une faible lueur qui leur permettait d'apercevoir l'affreuse bête couchée dans sa redoutable immobilité.

L'ouragan se calmait. Les grondements du tonnerre s'éloignaient. Le moment approchait où l'animal allait retrouver son habituelle férocité et bondir soit sur les hommes, soit sur leurs montures.

La lutte était donc devenue inévitable. En désespoir de cause, Gaspardo et les deux jeunes gens se tenaient prêts au combat. La carabine à la main, le couteau de chasse entre les dents, Ludwig et Cypriano n'attendaient que l'ordre de faire feu. Gaspardo hésitait encore à le donner ; évidemment, il eût tout préféré à une rencontre où l'un d'entre eux, tout au moins, pouvait perdre la vie ; quand tout à coup, posant bas sa carabine, il se mit à chercher quelque chose avec une fiévreuse impatience dans une des sacoches de son recado.

Il se souvenait d'y avoir caché une fusée du genre de celles dont on se sert pour exciter les taureaux au combat. Il avait pris cette précaution dans la prévision que cela pourrait lui servir, pour étonner et amuser ou terrifier suivant l'occasion les Indiens. C'est un vieux tour des gens des frontières et qui est souvent couronné de succès parmi les sauvages.

« Ne bougez pas, murmura-t-il à l'oreille de ses amis, ne quittez pas la place où vous êtes. Laissez-moi faire, j'ai mon idée. »

CHAPITRE VIII

LE HASARD

Quoique encore sous l'empire d'une grande émotion, Ludwig et Cypriano étaient fort intrigués.

Les moments étaient trop précieux pour que le gaucho songeât à prolonger leur attente. Il s'avança rapidement vers le cierge que Ludwig avait fixé dans une des anfractuosités de la caverne, et leur ayant recommandé de se coller contre les parois, — pour laisser libre l'entrée tout entière, — il approcha de la flamme du cierge la mèche de sa fusée et la lança sur le jaguar. Ce fut comme une illumination soudaine : la lumière éclatante suivie d'un sifflement aigu s'était élancée comme un serpent de feu sur l'animal, l'avait atteint au flanc et s'était attachée à sa peau en tournoyant comme un soleil et en l'inondant d'étincelles.

Poussant un formidable rugissement, l'énorme animal effaré bondit d'épouvante et, en trois sauts, traversant la caverne et traînant derrière lui comme la queue enflammée d'une comète, il alla se précipiter dans le torrent.

« Pour cette fois, *muchachos,* dit Gaspardo, nous pouvons nous mettre à table ; je suppose que nous ne risquons plus d'être dérangés! »

Ludwig et Cypriano ne pouvaient revenir de l'étrange et expéditive façon dont le gaucho les avait tirés d'affaire.

Quand nos voyageurs eurent achevé leur repas, la tempête avait complètement cessé.

Lorsqu'ils revinrent à l'entrée de la grotte et regardèrent au dehors, il n'y avait pas plus de traces de l'ouragan que s'il n'eût jamais existé. Au-dessus de la berge opposée de l'arroyo, ils pouvaient distinguer un espace de ciel d'une belle nuance azurée, et par les rayons de lumière qui plongeaient dans le vallon, ils voyaient que le soleil brillait aussi pur qu'avant d'avoir été obscurci par les nuages épais de la poussière.

Cette terrible lutte des éléments avait duré en tout une heure. Ils l'auraient considérée comme un rêve s'ils n'eussent vu à leurs pieds un torrent écumant remplaçant le

mince ruisseau que leurs chevaux avaient traversé à gué
une heure à peine auparavant.

Sans cet obstacle fort sérieux, ils auraient immédiatement repris leur voyage, mais d'un seul coup d'œil, ils en
avaient reconnu l'impossibilité momentanée.

« Nous n'en avons pas pour longtemps, mes enfants,
dit le gaucho, en essayant de les encourager. Ce débordement, né de la tourmente qui l'a produit, baissera aussi
vite qu'il s'est élevé. »

Tous trois retournèrent donc dans la grotte pour y empa-
queter leurs bagages et se préparer à reprendre leur route.

En regardant une seconde fois au dehors, ils reconnurent
que le torrent avait assez baissé de niveau pour leur permettre d'en suivre le bord. Aussi, sans perdre plus de temps,
ils conduisirent leurs chevaux à l'entrée de la grotte, montè-
rent en selle, et se remirent à chercher la piste des Tovas.

Ils avaient déjà descendu le cours du ruisseau jusqu'à son
embouchure, et avaient gravi la berge du fleuve, sans être
encore parvenus à retrouver les traces des cavaliers. L'ouragan de poussière et le déluge de pluie qui l'avait suivi
avaient effacé toutes les empreintes, et le gaucho semblait
fort préoccupé.

« *Maldita!* s'écria-t-il au moment où tous trois appuyant
sur leur bride s'étaient arrêtés comme d'un commun accord,
interrogeant alternativement le sol et les regards de leurs
compagnons. Maldita! pas plus que moi, vous autres,
vous n'avez rien vu?

L'ÉNORME ANIMAL EFFARÉ BONDIT D'ÉPOUVANTE. (PAGE 55.)

— Faut-il nous arrêter? dit Ludwig, qui voyait bien
que ses amis, tout comme lui-même, étaient fort inquiets
de la piste perdue; faut-il vraiment nous arrêter?

— Nous arrêter! s'écria Cypriano. Pensez-vous, cousin,
à abandonner la poursuite?

— Non, non; je ne veux pas dire cela...

— Plutôt que d'abandonner cette poursuite, continua le
jeune Paraguayen sans attendre la fin de la réponse de
Ludwig, je passerais le reste de mes jours à courir dans
le Chaco. Je l'ai juré à votre mère, Ludwig : je ne retour-
nerai à l'estancia que pour y ramener votre sœur. »

Ludwig se redressa sur ses étriers et, fixant les yeux dans
la direction probable de l'estancia, envoya de la main, à
travers l'espace, un baiser à celle qui se présentait de nouveau à sa pensée.

Après quoi, frappant sur l'épaule de Gaspardo qui pendant toute cette conversation était resté plongé dans de
profondes réflexions. :

« Marchons, dit-il; marchons en aveugles, s'il le faut.

— Pas précisément en aveugles, señorito! interrompit le
gaucho, pas précisément. Nous avons un guide; peut-être
n'est-il pas des meilleurs ni des plus sûrs, mais enfin, c'est
toujours plus et mieux que rien.

— Lequel? s'empressèrent de demander les deux cousins.

— Le fleuve! répliqua Gaspardo. Mon avis est que nous
pouvons nous y fier encore pendant quelque temps. D'après

les traces laissées par les brigands jusqu'au moment où nous les avons perdues, je suis persuadé qu'ils ont longé le Pilcomayo en le remontant. La tormenta a duré une heure, et comme nous, ils se seront arrêtés quelque part. S'ils n'ont pas quitté le bord de l'eau avant le commencement de la tempête, nous allons retomber sur leur piste, que le sol humide, mais non plus détrempé, nous rendra d'autant plus facile à suivre. Si nous la retrouvons, nous prendrons le galop ; et peut-être atteindrons-nous les Indiens avant la nuit. Je suis sûr qu'ils ont passé ici depuis le lever du soleil. Évidemment ils ne se pressaient pas, puisqu'ils avaient relativement peu d'avance sur nous.

— Dieu le veuille, s'écria Cypriano en réponse à l'observation du gaucho. En avant ! » reprit-il avec impétuosité ; et, sans attendre que Gaspardo eût répliqué, il enfonça ses éperons dans le ventre de son cheval et partit le long du fleuve, suivi de près par ses deux compagnons.

CHAPITRE IX

ARRÊTÉS PAR UN « RIACHO ». — LES GRUES

Les voyageurs se trouvaient à un mille de distance de leur dernière halte quand les hautes berges du Pilcomayo commencèrent à se déprimer, puis à s'abaisser jusqu'à se mettre presque de niveau avec le fleuve. La colline qu'ils avaient jusqu'alors suivie se continuait sur l'autre bord, comme si elle eût été coupée par le courant qui formait en cet endroit une série de rapides contre lesquels l'eau se brisait en bouillonnant et avec un bruit assourdissant.

Les voyageurs n'y prêtèrent pas attention; ils descendirent la pente et continuèrent à remonter le cours d'eau.

Ils ne tardèrent pas à se heurter contre un obstacle inattendu. C'était une sorte de ruisseau lent, un *riacho* qui débouchait perpendiculairement dans le Pilcomayo ou en sortait suivant la saison et les caprices de l'inondation. En ce moment il semblait être immobile, parce que la rivière principale, subitement enflée par l'ouragan, arrêtait le courant plus tranquille de son affluent. Ses eaux étaient jaunâtres et comme mêlées de terre et de sable. Le seul moyen d'en savoir la profondeur était d'y entrer à cheval, mais l'expérience était dangereuse.

Il ne fallait pas songer à le tourner pour le franchir audessus de sa source, ni à chercher un gué en le remontant. Le riacho était droit comme un canal, et les cavaliers pouvaient le suivre des yeux à travers la plaine sur une étendue de plus de dix milles présentant toujours la même largeur et probablement la même profondeur que sous la tête de leurs chevaux.

Que faire? remonter jusqu'à la source aurait exigé une demi-journée ou même une journée tout entière. Cypriano était trop impatient pour y songer et Gaspardo lui-même

LES GARZONES ÉTAIENT ACTIVEMENT OCCUPÉS A PÊCHER. (PAGE 63.)

paraissait médiocrement disposé à un retard. Essayer de passer à l'endroit où ils se trouvaient semblait être une entreprise hasardeuse; il leur faudrait peut être nager. Cependant cette alternative ne les eût pas arrêtés si le bord opposé avait offert une pente douce ou quelque point facile qui permît aux chevaux d'aborder. Mais il n'en était pas ainsi; au contraire, la berge s'élevait perpendiculairement à plus de deux pieds au dessus de l'eau, et, sous l'eau, cette sorte de muraille pouvait être encore plus profonde. Les voyageurs étaient dans l'impossibilité d'évaluer la profondeur à cause de la tormenta, et il n'existait ni courant ni ride pour les aider à se former une opinon même approximative.

Ils restaient indécis sur leurs selles. S'il avait été seul, Cypriano, dans son impatience, aurait lancé son cheval en plein cours d'eau, mais Gaspardo avait mis la main sur la bride en lui disant : « Patience ! il est bon de réfléchir, même avant de faire une folie. »

Ils demeurèrent ainsi pendant plus de dix minutes, tantôt jetant les yeux sur le ruisseau, tantôt se regardant les uns les autres.

« *Gracias a Dios!* que Dieu soit loué! » s'écria tout d'un coup le gaucho.

Il proféra cette exclamation d'un ton si satisfait et avec un tel soupir de soulagement que ses jeunes camarades comprirent que le problème était résolu et que le moyen de passer était découvert.

« Qu'avez-vous imaginé, mon bon Gaspardo? demanda Cypriano, toujours le plus prompt à l'interroger.

— Regardez là-bas, dit Gaspardo en montrant de la main l'endroit où l'affluent réunissait ses eaux à celles du fleuve. Que voyez-vous là-bas, señoritos?

— Rien de particulier, quelques grands oiseaux blancs avec de longs becs qui ressemblent à des grues.

— Certainement, ce sont des grues, et même des grues-soldats, *garzones*. Eh bien, que pensez-vous?

— Qu'elles nagent.

— Nager! pas le moins du monde. Le garzon ne nage jamais. Elles passent à gué, señoritos; oui, à gué!

— Eh bien! après? fit Ludwig.

— Comment! après? Je suis étonné que vous, un naturaliste, un savant qui avez appris à raisonner, vous ne tiriez pas la conclusion d'un fait aussi clair.

— Quelle conclusion? demanda naïvement le jeune savant.

— La plus simple du monde, à savoir que, comme le dit la chanson, si les canards l'ont bien passé, nous passerons aussi le *riacho*. Les grues ont de longues jambes, c'est vrai, mais où un *garzon* peut passer, un cheval n'est pas obligé de nager. Non, muchachos! nous traverserons à l'endroit où ces gros oiseaux blancs sont en train de s'amuser et de pêcher. »

Le gaucho avait raison. Les garzones étaient activement occupés à pêcher.

« C'est pitié de les déranger de leur dîner, dit-il, surtout après le service qu'elles nous ont rendu en nous montrant le gué. *Por Dios!* Il nous faut pourtant le faire, il n'y a pas moyen de l'éviter. Allons, señoritos, descendons. »

En disant ces mots, Gaspardo se dirigea vers le confluent des deux cours d'eau, suivi par ses compagnons.

Au bout de deux cents pas, ils arrivaient au territoire de pêche des grues.

Ces grands oiseaux, effrayés par l'approche de créatures si différentes de celles qu'ils voyaient ordinairement, se hâtèrent de s'élever dans les airs.

Le passage était tel que Gaspardo l'avait supposé : c'était une barre entre le fleuve principal et son tributaire. Ni en aval ni en amont les chevaux n'auraient pu passer à gué, et même sur la barre, au point le plus profond, leurs sangles baignaient dans l'eau.

La distance à parcourir était de plus de cent mètres, car c'était à cette place que le riacho avait sa plus grande largeur.

Gaspardo, le premier, finit par atteindre le bord ; il fut suivi de près par Cypriano et par Ludwig, et tous trois reprirent leur route, sur la piste des Tovas.

CHAPITRE X

EN REMONTANT LE PILCOMAYO

Pendant l'après-midi, les voyageurs remontèrent le bord de la rivière, mais sans y découvrir la piste qu'ils avaient tant d'intérêt à retrouver. Bien que cette contrée fût des plus sauvages et qu'on n'aperçût pas la moindre trace d'habitation humaine, ils suivaient pourtant un sentier qui longeait le Pilcomayo. Peut-être avait-il été fait par les hommes, peut-être par les animaux, peut-être par les uns et les autres ; mais quels que fussent les êtres qui l'avaient foulé, on ne pouvait plus y distinguer d'empreintes. L'ouragan avait tout effacé, et l'on ne reconnaissait le sentier qu'au sol battu et à la rareté de l'herbe qui d'ailleurs y croissait moins élevée.

Ils n'étaient pas aussi surpris que d'autres des énormes épaisseurs de poussière que l'ouragan avait étendues sur la contrée. Ils savaient qu'après des périodes de sécheresse prolongée il existait d'immenses étendues de pampas où non seulement le sol se pulvérisait, mais encore les herbes de la plaine, les feuilles des arbres et même les rudes tiges des chardons. Les bestiaux périssaient par milliers dans ces contrées désolées et l'homme avait peine à y trouver de quoi vivre. Quand une tempête succède à l'une de ces grandes sécheresses, on trouve souvent des animaux ensevelis sous la poussière et morts par suite du manque d'herbe ou d'eau. Gaspardo raconta à ses jeunes compagnons qu'il avait vu naître plusieurs procès, à la suite d'une *tormenta*, entre propriétaires qui ne parvenaient plus à reconnaître les limites de leurs propriétés effacées par les dépôts de terre pulvérisée.

« S'il en est ainsi, disait Ludwig, nous ne trouverons d'empreintes nulle part de longtemps; et si nous sommes dans une mauvaise direction, au milieu de ces solitudes, comment le saurons-nous? »

Gaspardo réagissait de son mieux contre ce qu'il y avait d'anxiété dans les réflexions de son jeune maître.

« J'admets, lui disait-il en lui montrant le fleuve, que nous allons sans guide bien certain. Mais que pouvons-nous faire de mieux? nous éloigner du fleuve gâterait encore plus les choses, autant vaudrait chercher une épingle au milieu des herbes de la pampa. Nous irions alors tout à fait au hasard, et il serait plus sage de tourner tout de suite la tête de nos chevaux et de nous en revenir chez nous. Or, au point où nous en sommes, je ne suppose pas que vous ayez cette intention.

— Nous, non! s'écria Cypriano. Non, pas avant d'avoir tout fait pour retrouver la *niña!*

— Sans doute, sans doute, reprit Ludwig, revenir sans Francesca, ce serait condamner ma mère à un chagrin éternel. Si jamais nous en sommes réduits là, ce ne peut être qu'après avoir épuisé jusqu'à nos dernières forces.

— A la bonne heure, Ludwig, répondit Cypriano, j'aime à vous entendre parler ainsi.

— Nous sommes tous du même avis là-dessus, répliqua Gaspardo, Francesca doit être retrouvée, et si... »

Il allait dire : « si elle est vivante, » mais il s'arrêta à temps.

« *Vamos!* continua-t-il en changeant rapidement de sujet. Vous savez, mes jeunes maîtres, que les Indiens Chaco vivent, rarement loin d'un fleuve. Ils aiment trop les bains pour cela.

« Eh bien! señoritos, ma conclusion est celle-ci : comme ces Indiens sont de vrais canards, ils ne s'installeront jamais à une grande distance des bords d'une rivière, et cette rivière doit être le Pilcomayo ou l'un de ses affluents.

— Explorons-les tous! s'écria Cypriano.

— Très bien, señor Cypriano ; mais cela n'abrégera pas notre route, car il y a un bon nombre d'affluents soit à droite, soit à gauche du grand fleuve. J'espère bien que, loin d'avoir à les remonter tous, nous pourrons nous dispenser d'en remonter même un seul. Si nous avions à perdre notre temps dans une recherche de ce genre, il nous faudrait des indices qui ne se présenteront pas. Nous avons dix chances sur une de retrouver la piste des cavaliers indiens en allant au contraire tout droit devant nous et en serrant le plus près possible les rives du fleuve. Soyez tranquilles, mes enfants, une fois sur la trace, je sais un gaucho qui les traquera jusqu'à leurs nids. »

Ainsi encouragés, les voyageurs continuèrent leur route ;
Gaspardo marchait en avant et examinait le terrain avec
l'œil d'un habile *rastreador*.

Le parti qu'il avait pris de ne point abandonner le lit
du fleuve était du reste le seul raisonnable. Tout autre eût
été encore plus problématique.

CHAPITRE XI

LE SAC PERDU

Vers le soir, la proposition que fit Gaspardo de camper,
bien que le soleil eût encore une heure à rester au-dessus
de l'horizon, fut acceptée par ses deux compagnons. Cet
empressement avait deux causes, la fatigue morale née de
leurs incertitudes, et la fatigue physique et d'eux-mêmes
et de leurs chevaux après une journée si laborieuse. L'impatient Cypriano lui-même n'éleva pas d'objection. Ajoutez
qu'ils mouraient de faim. Le déjeuner fait dans la grotte
avait été plus que léger et peu fortifiant. Ils étaient donc
on ne peut mieux disposés à partager de nouveau un bon
repas. Après avoir choisi une place agréable, à la fois jolie
et commode, sur la lisière d'une forêt de palmiers, ils sau-
tèrent à bas de leurs selles et commencèrent à débarrasser
leurs chevaux de tout ce qui pesait sur eux, pour que les

CYPRIANO ET LUDWIG AVAIENT DÉJA FAIT CHOIX D'UN EMPLACEMENT. (PAGE 70)

bonnes bêtes dégagées de toute entrave pussent se remettre, elles aussi, de leurs rudes épreuves. Une déconvenue des plus fâcheuses les attendait; leurs vivres avaient disparu!

Le sac contenant leurs provisions, leur charqui, leur maïs, leur yerba, qu'une mère prévoyante avait fait remplir au moment du départ, n'était plus maintenant en leur possession! Ce sac était d'ordinaire fixé derrière la selle de Ludwig parce que le jeune homme était le plus léger des trois et que son cheval était très robuste.

Où pouvait-il l'avoir perdu? telle fut la question qu'ils se posèrent immédiatement les uns aux autres. Tous trois répondirent ensemble :

« Dans le riacho!! »

Il n'y avait pas à en douter. Leurs vivres étaient certainement au fond du ruisseau bourbeux, à la merci des poissons et des grues.

Gaspardo n'avait pas l'air content, non! il avait le nez long, comme on dit, et n'écoutait rien que les cris de son robuste estomac. Les trois cavaliers restèrent d'abord immobiles en se jetant mutuellement des regards où chacun d'eux pouvait lire : « Ce n'est pourtant pas amusant de se passer de dîner! » Puis, petit à petit, la résignation se fit, tous les trois semblèrent prendre leur parti de dormir l'estomac vide. Cypriano et Ludwig avaient déjà fait choix d'un emplacement qui pût leur tenir lieu de chambre à coucher; seul le gaucho n'en était pas encore arrivé à re-

noncer à tout espoir de se mettre quelque chose sous la
dent. Il restait comme dans une muette contemplation, en
observation devant le paysage.

Tout à coup un geste plein de fantaisie lui échappa.

« Qu'y a-t-il, Gaspardo? lui demanda Cypriano.

— Il y a, il y a, ma foi, je ne sais pas ce qu'il y a! dit
le gaucho en montrant la plaine; mais ne voyez-vous rien
dans la direction de mon bras? »

Cypriano regarda dans la direction indiquée en abritant
ses yeux avec sa main, car c'était du côté de l'ouest et le
soleil était encore au-dessus de l'horizon. Ludwig bientôt
l'imita.

« Est-ce de ce quelque chose qui dépasse les grandes
herbes que vous entendez parler, dit Cypriano, quelque
chose comme deux tiges de *cardon,* avec une touffe de
feuilles au sommet?

— Précisément, répondit Gaspardo.

— Eh bien, reprirent les deux jeunes gens, qu'est-ce
que vous croyez que cela peut être?

— Un couple d'avestruz ou d'autruches, le mâle et la
femelle, autant que j'en puis juger à leurs cous qui sont
assez longs pour dépasser les plus hautes herbes des pampas, mais pourtant de tailles différentes.

— Vous devez avoir raison, Gaspardo, dit Ludwig;
tenez, cela marche : ce sont des autruches, en effet. La
grande s'est même rapprochée de l'autre. Elles sont maintenant dans un espace découvert et nous pouvons les voir

des pieds à la tête. Comme elles sont grandes! Oh! voilà qu'elles baissent la tête, que font-elles, selon vous? Sont-elles bonnes à manger, les autruches, Gaspardo?

— Bonnes à manger, señorito! *Santissima!* qu'est-ce qui n'est pas bon à manger pour l'homme qui meurt de faim? Il ne s'agit pas de leur qualité, mais de la façon de les prendre. Si je pouvais avoir mon lazo ou mes bolas autour des jambes de l'une d'elles, le mâle ou la femelle, cela m'est égal, je vous donnerais un dîner de prince. *Maldita!* que faire? pas moyen de les approcher à portée; pas un buisson pour s'abriter!

— Mettons-nous à quatre pattes, rampons dans l'herbe, dit Cypriano, dont l'appétit semblait s'accroître d'instant en instant.

— Ce ne serait pas de refus si cela devait servir à quelque chose, mais nous n'y gagnerions rien, mes enfants; de tous les animaux, oiseaux ou quadrupèdes, qui parcourent ces savanes, aucun n'est plus craintif et plus difficile à approcher que les grands oiseaux qui paissent là-bas. Ils fuiraient bien vite avant d'être à portée de nos bolas, de nos lazos ou même de nos carabines. »

Le gaucho cessa de parler et se remit à se frotter le front pour tâcher d'en faire sortir une idée. Tous restèrent silencieux, chacun cherchant un moyen de s'emparer des oiseaux. Le gaucho, le premier, reprit la parole :

« *Gracias a Dios!* s'écria-t-il, je tiens peut-être ce que je cherchais. Ramassez du bois, mes enfants, préparez un

feu; avant qu'il soit allumé, il se peut que j'aie une autruche toute plumée et prête à rôtir. Où est ma chemise
blanche? »

Tout en parlant, le gaucho se dirigeait vers les bagages
épars sur le sol, et commençait à défaire une des sacoches
qui était encore accrochée à l'arçon de son recado. A ces
paroles de Gaspardo : « Où est ma chemise blanche? »
Ludwig et Cypriano se regardèrent fort intrigués.

« Si Gaspardo n'est pas fou, dit Ludwig, j'ai peur
qu'il ne s'en manque guère.

— C'est la faim qui lui donne la fièvre, répondit Cypriano... Ma foi, laissons-le faire. Si cette mascarade le
distrait, tant mieux pour lui. Ce n'est inquiétant que pour
sa chemise. »

Le gaucho ne laissa pas longtemps ses jeunes compagnons à la devine. Après avoir remué le contenu des sacoches, il en sortit sa chemise des dimanches, toute brodée
et blanche comme la neige. L'ornementation n'avait pas
d'importance, il ne s'agissait que de la couleur.

Il se dépouilla ensuite de son poncho et passa la chemise à la façon ordinaire. Ludwig et Cypriano n'en pouvaient croire leurs yeux. Leur étonnement était tel, qu'ils
laissèrent faire Gaspardo, sans lui adresser une question.

Mais en ce moment le gaucho, qui jusque-là semblait
avoir obéi à une idée fixe, interrompit ses singuliers pré-
paratifs comme si une autre idée, survenue en sens contraire, l'avait soudainement arrêté dans son dessein.

« Señor Cypriano, dit-il, je réfléchis, — oui, ma foi, je réfléchis que vous pourrez faire l'affaire beaucoup mieux que moi.

— Quelle affaire? s'écria Cypriano, de plus en plus stupéfait.

— Ce que je vous demande est simple comme bonjour. Il s'agit de mettre ma chemise, ou la vôtre, si vous le préférez, et de vous déguiser en grue, en un mot de faire « la grue ».

— La grue?

— Eh bien, oui, la grue.

— Mais dans quel but?

— Dans le but louable de conquérir un morceau de chair d'autruche pour notre souper. Je suis décidément un peu trop gros pour jouer le rôle de grue! Vous, señor Cypriano, vous êtes presque de la taille convenable; et, quand je vous aurai habillé, je parie mon cheval contre un âne, que vous pourrez vous approcher de ces gaillards-là sans leur donner le moindre soupçon. Enlevez d'abord votre jaquette, et laissez-moi vous passer cette chemise sur les épaules. »

Cypriano ne broncha pas. Il ôta son vêtement et resta en manches de chemise devant le gaucho.

Celui-ci mit sa chemise sur les épaules du jeune homme, et la disposa de façon à lui ajouter l'appendice d'une sorte de queue blanche. Il prit ensuite un long bout de ficelle, et il serra les larges pantalons autour des jambes de Cypriano

pour les faire paraître aussi minces que possible. Alors, il
ôta le chapeau du Paraguayen, qui était en feutre mou,
passa dans son bord antérieur un long bâton de forme co-
nique épointé, auquel il donna une couleur d'un noir bleuâ-
tre en le frottant de poudre mouillée. Cypriano, avec son
chapeau replacé sur sa tête, offrit alors le simulacre gros-
sier d'un oiseau ayant un bec noir long de plus d'un pied.
Le bord de ce bizarre couvre-chef fut rabattu sur le cou
et sur les oreilles du jeune garçon, en lui laissant les yeux
suffisamment découverts pour lui en permettre l'usage.

Une légère couche de poudre humide sur ses joues natu-
rellement brunes, compléta la transformation de la tête.

« Maintenant, señorito, je pense que vous pouvez passer
pour une grue-soldat. *Carrai!* quand je vous regarde,
j'ai envie de changer les conditions et de parier mon cheval contre un âne que non seulement les autruches, mais un
garzon lui-même ne vous distinguerait pas d'un de ses con-
frères. Partez et gagnez-nous notre souper.

« Habillé comme vous l'êtes, vous ressemblez exactement
à un *garzon;* il s'agit de faire votre possible pour agir
comme un *garzon*. D'abord, approchez-vous autant que
vous le pourrez des autruches. Prenez avec vous votre fusil
ou vos bolas. Les bolas vaudront mieux, car vous les lancez
avec beaucoup d'adresse. Croyez bien que les oiseaux ne se
douteront de rien. Voyez-vous là-bas un estero tout près
duquel ils paissent? Faites-en le tour, et marchez sur eux
dans cette direction. Ils vont vous prendre pour une grue,

et ne seront détrompés que lorsque vous en tiendrez un.
Maintenant, avez-vous besoin que je vous donne de plus
amples instructions?

— Non, non, dit Cypriano, qui comprenait enfin ; je vois
l'affaire, Gaspardo, et je vais tâcher de saisir par la patte
un de ces gros poulets. En avant! »

En disant ces mots, le jeune homme se dirigea vers
son recado et y prit ses *boliadores*. Muni de cette arme, il
partit à travers la savane, dans la direction des rhéas.

CHAPITRE XII

LES AUTRUCHES. — LES VIZCACHAS

« *Càspita!* s'écria le gaucho, quand Cypriano se fut
éloigné d'une centaine de mètres, ce gentil garçon ne res-
semble-t-il pas complètement à une grue? Je m'y trom-
perais moi-même, si je ne connaissais pas ma chemise. »

Ludwig ne répondit pas. Il était profondément attentif
aux moindres mouvements de son cousin, qui marchait
silencieusement en se dandinant gravement comme un
garzon. Le jeune Paraguayen jouait son rôle comme s'il
n'avait fait que cela toute sa vie : tantôt il s'avançait résolument, tantôt il s'arrêtait et pointait son bec vers le sol
comme pour y ramasser des limaces, des serpents, des lé-
zards et autres reptiles dont les grues se nourrissent. Il

LE VIEUX MALE GISAIT SUR LE SOL. (PAGE 79.)

gardait toujours ses bras serrés sous sa chemise, ainsi que
les *boliadores* qu'il se disposait à lancer.

Au lieu de se diriger directement vers les rhéas, il suivit l'avis du gaucho, et s'en approcha par une grande ligne
courbe à laquelle le bord de l'*estero* servait de corde.

Lorsqu'il fut arrivé à se placer entre le gibier et le marais, il avança avec autant de prudence, mais en manœu-
vrant davantage, s'arrêtant parfois pour secouer ses ailes
blanches, projetant son bec en l'air comme s'il avalait
un poisson ou un reptile, et se remettant en mouvement
comme pour en chercher un autre.

La confiance des rhéas n'avait rien d'étonnant.

Ils ne commencèrent à se douter de quelque chose que
lorsque la fausse grue fut tout près d'eux. Ils cessèrent
subitement de brouter, redressèrent ensemble leurs longs
cous et jetèrent un cri rauque moitié interrogatif, moitié
inquiet.

La femelle, comme cela arrive presque toujours, se montra la plus prompte et la plus rusée, peut-être aussi la plus
peureuse. Au moment où elle poussait son cri, elle battit
en retraite de quelques pas, laissant son compagnon seul
en face du danger. Celui-ci exécuta une démonstration hostile, analogue à celle d'une oie qu'on agace ; il tendit le cou,
mais cette fière attitude ne lui servit à rien : on entendit
un sifflement, et avant qu'il pût jouer des jambes, l'oiseau
les sentit toutes les deux enlacées par un nœud solide. Il
trébucha et tomba sur l'herbe.

Prompt comme l'éclair, le faux garzon était sur lui, et
frappé d'un coup violent à la tête, le vieux mâle gisait sur
le sol, tandis que sa compagne effrayée, les ailes ou-
vertes et courant de toute sa vitesse, disparaissait dans les
hautes herbes de la pampa.

Ludwig avait examiné ce spectacle avec un vif sentiment
d'intérêt, et Gaspardo en salua l'heureux succès par un
cri de joie. Puis tous deux s'empressèrent de se rendre auprès de Cypriano pour l'aider à traîner son énorme gibier.

Le gaucho en choisit les plus fins morceaux, et les trois
voyageurs affamés se préparèrent à souper des cuisses de
l'autruche. Tandis que Gaspardo, avec son couteau toujours
prêt, dépeçait la venaison, Ludwig s'occupait à ramasser
du bois pour le feu et Cypriano à se débarrasser de son
déguisement. Il lui fallut un certain temps pour repasser
de l'état de grue à celui de Paraguayen, car la poudre dont
Gaspardo l'avait barbouillé exigea d'abondantes ablutions
avant de disparaître. Heureusement, un ruisseau coulait près
de là ; du reste, sans ce voisinage, les voyageurs n'auraient
pas campé en cet endroit. Camper loin de l'eau ne vient jamais à l'idée de personne, sauf quand on y est contraint
impérieusement, dans un désert, par exemple.

Pendant le temps employé par le jeune Paraguayen à
ôter la belle chemise de Gaspardo, à retirer de ses jambes
les liens qui les entouraient et à se débarbouiller, le feu
flambait, et devant la flamme les morceaux délicats du

rhéa, choisis par le gaucho, grillaient en répandant un
fumet de bon augure.

Tous trois savouraient les douceurs du repos, assis autour
du feu pétillant, en attendant que l'eau fût en ébullition
pour faire le thé et que la chair d'autruche parût suffisamment rôtie.

Bientôt le moment du repas arriva. Les trois compagnons y firent honneur, comme bien on pense, et, lorsque
vint la nuit, ils s'étendirent sur leurs pellones, se couvri-
rent de leurs ponchos et s'endormirent profondément.

Le lendemain, au lever du jour, ils étaient debout; et
après un déjeuner dont l'autruche grillée fournit le menu,
ils sellèrent leurs chevaux et partirent en suivant toujours
la rive du Pilcomayo.

Ils s'avançaient rapidement, car leurs chevaux étaient
bien reposés.

Ils n'avaient cependant pas encore poussé leur marche
au gré de leur désir, quand ils arrivèrent à un endroit où le
Pilcomayo faisait un grand détour en laissant dans la con-
cavité de l'arc formé par son cours un espace de terrain
stérile et sans arbres.

Gaspardo connaissait le caractère de la contrée jusqu'à
une certaine distance en avant. Il pensa que toute règle
pouvait souffrir une exception, et qu'au lieu de suivre cette
fois encore le fleuve, il serait préférable de couper au court
à travers le désert, du moment où l'on était assuré de retrouver l'eau sur un point plus élevé. Il s'appuyait sur la

supposition que, si les Indiens avaient remonté la rivière, ils devaient avoir agi de même, car il ne leur était
d'aucune utilité de faire le détour.

Ses compagnons partagèrent son avis, et tous trois en-
trèrent dans la plaine dépouillée, Gaspardo en tête et sur-
veillant la route.

Cette marche à travers un désert présentait deux diffi-
cultés. La première était de ne pas s'écarter de la véritable
direction ; leur guide n'avait voyagé qu'une seule fois dans
cette contrée, il y avait fort longtemps de cela. On n'apercevait pas la moindre trace de sentier, car c'était là que la
tempête de poussière semblait avoir eu son maximun
d'intensité, et elle y avait effacé toutes les empreintes. En
avant, il n'existait ni arbres, ni collines, aucun point de
repère. Gaspardo se guidait uniquement sur le soleil. Par
bonheur, le ciel était sans nuages, comme il l'est presque
toujours sur les *llanos* du Grand Chaco.

L'autre difficulté était de nature toute différente. La
marche des voyageurs se trouvait sans cesse entravée par
de larges espaces de terrains criblés de trous qui couraient
souterrainement à fleur du sol comme des terriers de lapins.
Chacun d'eux avait à son entrée ou un peu à côté un grand
tas de débris de toute espèce. Nos voyageurs les reconnurent pour des gîtes de *vizcachas*. Ils virent les animaux
eux-mêmes, au nombre de plusieurs centaines, assis à
l'ouverture de leurs demeures souterraines, et qui, loin
d'être effrayés par l'approche des cavaliers, les contem-

plaient avec une gravité placide des plus amusantes. Ils
n'essayaient de fuir et de se cacher qu'au moment où les
chevaux les foulaient presque sous leurs sabots. Ils se reti-
raient alors d'une allure si lourde et si maladroite qu'on
aurait cru qu'ils regardaient ce dérangement comme aussi
inutile qu'ennuyeux.

Ces animaux sont plus gros que des lapins, et ils ont
des incisives beaucoup plus longues ; leur grande queue et
leurs courtes pattes de devant les font ressembler plutôt
à d'énormes rats. Leurs terriers n'étaient pas placés
dans les parties les plus stériles de la plaine, mais dans
les endroits où le sol, un peu plus fertile, se couvre d'une
grossière végétation.

« Il y a une chose certaine, dit soudain le gaucho, c'est
que si ces animaux sont gênants pour nous, ils ne sont pas
mauvais à manger. Que nous soyons encore à court de
vivres, et nous pourrons facilement en prendre un qui nous
fournira un bon repas. »

Ce que Gaspardo entendait en disant que ces animaux
étaient gênants, c'était que leurs terriers constituaient un
grand obstacle à la marche rapide des chevaux, qui, en enfonçant dans ce sol rendu friable, avaient les plus grandes
chances pour trébucher et culbuter.

Ils arrivèrent cependant sans accident au delà de la région des terriers.

Gaspardo, qui était, sans vouloir le dire, de plus en plus
inquiet sur la route à suivre, marchait à une assez grande

distance en avant. Tantôt il interrogeait le soleil, tantôt il
sondait l'horizon, tantôt enfin, les yeux fixés à terre, il demandait aux plus petits accidents du sol de lui révéler une
trace quelconque du passage des Indiens.

Tout à coup, une joyeuse exclamation sortit de sa poitrine.

« Enfin ! s'écria-t-il, *Gracias a Dios !*

— Qu'y a-t-il, Gaspardo? s'écrièrent les deux jeunes
gens.

— *Caramba, muchachos !* Rien que le *rastro* des brigands. Regardez ! voyez-vous où ils se sont arrêtés ! et là,
l'endroit par où ils sont repartis ! Ah ! maintenant je com-
prends tout. C'est ici que ces coquins ont été pris par cette
même tourmente qui nous a forcés à nous réfugier dans
la caverne. Tout nous dit, à une minute près, le moment
où ils ont passé ici. Voyons donc si nous ne pouvons rien
apprendre de plus. »

En disant cela, il sauta à bas de son cheval, et se mit à
examiner la piste.

Sur ces entrefaites, Ludwig et Cypriano avaient reconnu
comme lui les traces qui l'avaient frappé. Un espace de
terrain assez large était complètement recouvert d'empreintes de chevaux ; à une certaine distance il se rétrécis-
sait et prenait la forme d'un sentier, comme si les cavaliers
se fussent mis en double file et se fussent éloignés en
ordre de marche. A l'endroit le plus foulé, les empreintes
des pas se divisaient et s'entre-croisaient dans toutes les

directions, ce qui montrait que la troupe avait fait là un arrêt sérieux ; mais au point où elles se réunissaient, elles se concentraient toutes vers un même point.

Ces informations étaient lisiblement écrites sur l'épaisse couche de poussière qui s'était convertie en boue par l'action de la pluie.

C'était clair, une bande d'Indiens Chaco marchait en cet endroit au moment où la tourmente s'était élevée. Ils s'y étaient arrêtés pour laisser passer sa fureur, et quand elle avait cessé, ils étaient remontés à cheval et étaient repartis.

Un seul coup d'œil avait révélé tous ces détails à Gaspardo. Mais il avait quitté la selle pour voir si parmi les empreintes il ne pourrait pas reconnaître celle du petit cheval monté par la fille de son maître.

Cypriano, sautant à terre, vint l'aider dans sa recherche, et fut bientôt rejoint par Ludwig.

CHAPITRE XIII

LA PISTE RETROUVÉE

Pendant quelques secondes, une minute peut-être, il y eut un profond silence ; chacun d'eux, penché sur le sol, était occupé de son propre examen. La voix du jeune Paraguayen se fit entendre la première.

CHACUN D'EUX, PENCHÉ SUR LE SOL... (PAGE 84.)

« Je le savais bien ! » tels furent les simples mots qu'il prononça, comme s'il venait de voir s'éclaircir quelque mystère ou quelque doute se vérifier.

« Quoi donc, cousin? demanda Ludwig qui était le plus proche.

— Voici l'empreinte du cheval de Francesca.

— En êtes-vous sûr, Cypriano?

— Oui, je l'aurais reconnue entre mille.

— Il a raison, dit le gaucho, après avoir jeté un coup d'œil à l'endroit indiqué. C'est l'empreinte de son poney, bien certainement.

— Voici encore quelque chose ! s'écria Cypriano dont les yeux animés d'un feu extraordinaire s'étaient portés de tous côtés. Regardez ceci ! »

Il avait ramassé un bout de ruban rouge décoloré pour avoir été sans doute foulé aux pieds des chevaux et maculé par la boue. Il se rappelait ce ruban et le reconnaissait pour avoir fait partie de la coiffure de Francesca ; c'était un fragment du nœud qui serrait à leur extrémité les deux· longues tresses de la jeune fille.

« Et ceci en outre, ajouta-t-il d'un ton encore plus véhément, que concluez-vous de ceci? »

Ce débordement soudain de colère était produit par un fragment de plume rouge qu'il venait de ramasser dans la fange. Dans le tuyau de cette plume, on remarquait encore une piqûre, indice du passage de l'épine ou de l'aiguille qui avait servi à coudre et à fixer cet ornement sur le vêtement d'un Indien. Ce débris ne pouvait provenir que de la *manta* de plumes d'un chef d'où il s'était sans doute détaché pendant la tourmente.

Mais Cypriano en savait davantage encore. Il connaissait le propriétaire de la manta ; il se souvenait d'avoir vu un vêtement brodé de pareilles plumes sur les épaules d'A-guara. Il ne doutait pas que cette plume n'appartînt au manteau du jeune chef Tovas.

Ainsi étaient justifiés tous ses pressentiments. Que fallait-il de plus pour faire partager à ses compagnons les soupçons qu'il avait émis en commençant l'expédition? Il existait maintenant à cet égard une certitude non seulement pour lui, mais aussi pour Ludwig et Gaspardo. Ludwig, qui avait jusque-là conservé sa foi en l'amitié de Naraguana pour son père, était accablé par cette preuve de la trahison du vieux chef, ou du moins de son fils.

« Oui, lui dit Cypriano, le double crime qu'ils ont commis est si horrible qu'il peut paraître incompréhensible. Ce sont bien eux les coupables cependant, et Dieu ne permettra pas qu'ils restent impunis. A présent, à cheval ! Nous ne devons plus nous reposer un instant que nous ne les ayons rejoints et que nous n'ayons obtenu justice et vengeance.

— Oui, oui, marchons, s'écria à son tour Ludwig. Il n'y a pas une minute à perdre. »

En vain Gaspardo leur représentait-il que si le jeune chef avait prémédité, comme Cypriano le pensait, de faire de Francesca sa femme, celle-ci n'avait rien à craindre de lui tant que les cérémonies et les délais préliminaires, toujours très lents, de cette union n'auraient pas été accomplis, rien ne pouvait les calmer.

L'action d'Aguara, le jeune chef Tovas, pouvait se comprendre facilement : il avait enlevé la jeune fille au Visage pâle parce qu'il avait l'ambition de la donner pour reine à ses sujets. Sans doute il avait assisté à l'assassinat du père de celle à laquelle il prétendait s'unir, mais il n'avait pris aucune part au meurtre accompli par le renégat. C'est celui-ci que nous avons vu à côté d'Aguara, portant sur son épaule la lance dont la pointe gardait les traces flagrantes de ce meurtre récent.

Les Indiens Tovas appelaient cet homme « el vaqueano ». Son véritable nom était Rufino Valdez, et il était Paraguayen de naissance.

Pour expliquer ses relations avec les sauvages et la raison pour laquelle il avait commis le crime, il nous faut retourner au temps même où, à la faveur de la nuit, le naturaliste venait de réussir à fuir les embûches du dictateur du Paraguay. L'entrevue qui eut lieu alors entre Francia et l'un de ses satellites, Rufino Valdez, éclaircira tous ces points.

C'était environ une semaine après l'époque où Halberger avait quitté Asuncion.

« Votre Suprématie m'a envoyé chercher, lui dit Valdez. J'attends ses ordres.

— Il s'agit de partir sans retard et de vous mettre à la poursuite d'un fugitif. C'est de Ludovico Halberger qu'il s'agit. Puis-je compter que vous trouverez le moyen de vous emparer du rebelle ?

— Avec la permission de Votre Suprématie, je tenterai l'entreprise, mais le monde est grand et cela peut n'être pas facile.

— Cela vous regarde, Valdez.

— Si l'affaire est possible, Votre Suprématie ne doute pas que j'en vienne à bout.

— Cinq mille piastres rendent tout possible à un homme aussi intelligent que vous, Valdez.

— Je suis prêt à partir, seigneur, et, s'il faut tout vous dire, ce n'est pas l'attrait de la récompense que vous voulez bien me promettre qui me décide. J'ai des raisons particulières pour désirer vous obéir sur ce point encore plus que sur tout autre, mais quand j'aurai retrouvé le fugitif...

— Vous voulez savoir ce que je désire qu'il soit fait de cet homme ?

— Précisément, je ne veux faire ni plus ni moins que vous ne m'ordonnerez. »

Pendant un instant, Francia garda le silence, comme s'il avait besoin de méditer sa réponse.

« Quand vous aurez trouvé le coupable, dit-il enfin, vous m'en donnerez avis et vous recevrez immédiatement un acompte sur la récompense promise. Si vous le ramenez

vivant, je vous payerai la somme entière. Si cependant
vous y trouvez trop de difficulté, il suffira que vous m'ap-
portiez sa tête, ses oreilles, une main, quoi que ce soit qui me
témoigne qu'il ne vit plus, et la somme vous sera comptée
intégralement au moment où vous me donnerez une de
ces preuves irrécusables que mes ordres ont été compris
et exécutés par vous-même. Écoutez-moi encore, Rufino
Valdez. Halberger ne s'est pas enfui seul. Je doublerai la
somme si, avec le savant allemand, vous ramenez la femme
qu'il a entraînée dans sa fuite. Cette femme a été enlevée
par lui en violation des lois de notre pays ; la loi exige
qu'elle soit réintégrée sur notre territoire. Il faut que, coûte
que coûte, force reste à la loi. »

Pendant tout le cours de son règne tyrannique, jamais
Gaspar Francia n'avait été plus altéré de vengeance, car
jamais il n'avait été bravé d'une façon si imprévue.

Accoutumé à rencontrer partout une obéissance servile,
il n'avait jamais songé qu'un habitant quelconque de ses
domaines pût oser s'en échapper sans sa permission.

Il savait Valdez capable de tout ; c'est pourquoi, à bout
de moyens, il avait fait appel à son intelligence et à sa
scélératesse.

Il ne lui fut pas difficile d'obtenir de lui une vigoureuse
coopération. Valdez nourrissait contre Halberger une haine
implacable au sujet d'une affaire où sa bassesse avait été
dévoilée à tous par l'honnête naturaliste. Il jura au dictateur de lui donner satisfaction et se mit immédiatement à

l'œuvre avec toute la sagacité et le flair d'un chien de chasse.

Il avait cherché sa victime dans une direction opposée, jusqu'à Fort Coïmbra et jusqu'aux villes de l'Uruguay, et il n'avait nulle part obtenu d'informations ni découvert le plus léger indice. Halberger avait emmené avec lui tous ceux qui connaissaient le secret de son départ et qui s'en faisaient les généreux et dévoués complices. Il s'était en outre échappé en bateau et n'avait rien laissé derrière lui qui pût faire connaître la direction qu'il avait prise. Francia lui-même en était confondu. Ses plus habiles espions y avaient perdu leurs peines.

Pour eux, toute cette conduite eût paru semblable à celle d'un fugitif se jetant dans la gueule d'un tigre pour éviter celle d'un jaguar.

Ce ne fut qu'après cinq années d'inutiles pérégrinations que Rufino Valdez, à bout d'efforts, songea enfin à aller s'enquérir jusque dans le Chaco du malheureux qui avait encouru le courroux de Francia. Sa propre haine contre Halberger, plus encore que l'appât de la récompense promise, peut seule faire comprendre l'incroyable persévérance de ce bandit; c'était tout à fait en désespoir de cause qu'il s'était résolu à explorer aussi les solitudes redoutables du Gran Chaco.

Pendant qu'il était au Fort Coïmbra, sur la frontière brésilienne, une rumeur venant du centre du Chaco lui avait révélé l'existence d'un homme blanc installé au milieu du désert, sous la protection du chef de la tribu des Tovas.

Ce blanc ne pouvait être qu'Halberger. Valdez tenait enfin la piste de l'homme dont lui-même et Gaspar Francia avaient juré la perte.

Il savait que le jeune chef Tovas, Aguara, qui était son ami, accompagné de quelques jeunes guerriers de sa tribu, avait projeté une excursion dans le bas de la rivière ; leur route était la même. Valdez lui offrit de se joindre à eux.

Aguara et le vaqueano étaient faits pour s'entendre et pour se prêter une mutuelle assistance.

Disons cependant, pour être juste, qu'Aguara n'était pas parti avec l'intention d'exécuter un crime aussi atroce que celui de Valdez, et qu'il ne prit effectivement aucune part au meurtre d'Halberger. Il ne l'aurait pas osé, ne fût-ce que dans la crainte d'encourir la réprobation de sa tribu.

En voyant Halberger mort et la jeune fille mise par là à sa merci, l'ambition sauvage d'Aguara se réveilla. N'ayant pas à redouter la responsabilité morale de l'action sanglante qui lui livrait sa proie, il crut pouvoir en recueillir le bénéfice et n'hésita pas à emmener Francesca dans sa tribu.

Malgré tout, cependant, il gardait au fond de son cœur une appréhension secrète. Il craignait la désapprobation des vieillards, des hommes vénérables de la tribu, des amis de son père mort, et qui par suite étaient devenus les amis

de cet ami de son père si odieusement assassiné par Valdez, à quelques pas du jeune chef, sans que celui-ci eût
tenté de s'y opposer.

CHAPITRE XIV

LA VILLE SACRÉE DES TOVAS. — NACÉNA

Sur le bord d'un beau lac dont les eaux tranquilles reflétaient les hautes tiges et l'épais feuillage des palmiers
miriti, s'élevait la tolderia des Tovas ou du moins de cette
branche ou sous-tribu qui depuis longtemps reconnaissait
Naraguana pour son cacique.

Le village était situé sur la lisière d'une plaine unie et
verdoyante comme la pelouse d'un parc, fuyant à perte de
vue le long du lac et parsemée de bouquets de palmiers
et de buissons d'acacias.

D'un côté du lac, une montagne solitaire, boisée jusqu'à
son sommet, se dressait à plusieurs centaines de pieds au-
dessus de la plaine et, au lever du jour, projetait sa grande
ombre sur le bassin dont elle dominait le bord oriental.

Entre sa base et l'eau s'étendait un espace découvert,
sans arbres ni buissons et d'environ une demi-lieue carrée,
où les demeures des Indiens étaient groupées à proximité de
la forêt.

La construction en était toute primitive ; ce n'était rien de plus que des *toldos* ou tentes.

Ces tentes n'étaient pas de l'espèce ordinaire de celles qui sont formées d'une couverture de toile soutenue par des piquets, elles ne représentaient pas même toutes une façon identique. Quelques-unes étaient des wigwams affectant une certaine ressemblance avec ceux des Indiens des prairies du nord, mais au lieu d'être couvertes en peaux de buffalos, elles l'étaient en peaux de chevaux sauvages du Chaco.

Cette tolderia était l'une des plus anciennes villes des Tovas, c'est-à-dire toujours de cette sous-tribu dont Naraguana avait été le chef. Bien qu'elle ne fût pas continuellement occupée par eux, car ces corsaires de la pampa n'habitent nulle part d'une façon complètement permanente, ils la regardaient comme leur véritable résidence, comme lieu de sépulture. Dans quelque endroit que l'un d'eux mourût, à moins d'être un pauvre esclave, ou un humble dépendant de la tribu, ses amis ramenaient ses restes à la ville sacrée et les déposaient sur l'échafaudage de sa famille, au sommet de la montagne des morts.

Le ciel d'un bleu d'azur qui couvre ordinairement les plaines du Gran Chaco commençait à prendre les teintes pourpres plus sombres du crépuscule ; les ombres des palmiers s'allongeaient sur la surface d'un lac clair et tranquille et s'effaçaient graduellement à l'approche de la nuit. Une jeune fille s'avançait lentement et venait s'asseoir sur une pierre tout au bord de l'eau.

Cette partie du lac était celle près de laquelle s'élevaient les huttes des Tovas ; la jeune fille était sortie de l'une de ces huttes. Elle était elle-même Indienne et, à en juger par sa remarquable beauté, par les ornements de son costume et de sa personne, par les perles et les bandelettes qui entouraient son cou, ses bras et ses chevilles, elle devait être l'héritière d'une des grandes familles de la tribu.

Aux yeux d'un peintre, assise près du lac dans une attitude gracieuse, avec ses longues tresses qui se reflétaient sur la surface calme des eaux, elle eût semblé une personnification symbolique de la paix.

Et cependant chez cette Indienne, au fond de son jeune cœur, il existait plus de passion farouche que chez tous les êtres qui parcouraient la plaine voisine. La haine éclatait dans le regard fixe de son œil sombre, dans les soulèvements rapides et irréguliers de sa poitrine, dans les étranges paroles entrecoupées qui de temps en temps s'échappaient involontairement de ses lèvres.

« Il est allé la voir... réjouir ses yeux de la vue de sa face pâle qu'il croit plus belle que mon visage. Peut-être pense-t-il la ramener avec lui et en faire la reine de notre tribu?... Si cela doit être, continua la jeune fille en se redressant à demi et en tendant un bras vers le lac, si un pareil malheur m'attend, si cet affront est réservé à la fille de mes pères, Esprit des eaux, apprête-toi à recevoir Nacéna dans ton sein ! »

Elle resta un moment muette comme si elle attendait

une réponse à son invocation. Puis ses pensées changèrent brusquement, elle se redressa ; son visage s'illumina d'un éclair de rage. « Non, s'écria-t-elle, le fils du grand mort, qui dort là de son dernier sommeil, n'outragera pas ainsi la fille d'un chef Tovas dont le rang était presque égal à celui de son père. S'il est infidèle à sa promesse, donnée en présence de Naraguana, Nacéna se vengera. Elle sait comment on meurt et comment on donne la mort. Elle mourra, mais non pas seule. Non, Esprit des eaux, Nacéna ne t'appartiendra pas avant que la sombre mort ait confondu dans son embrassement sa rivale et le traître ! »

Tandis qu'elle gardait son attitude menaçante, un cri sortit des toldos et résonna à travers la plaine. Elle regarda dans cette direction et ce qu'elle aperçut vint augmenter encore l'expression haineuse de son visage. Une troupe de cavaliers entrait dans le village, et ses premiers rangs venaient de s'arrêter devant la malocca. A leur tête était un homme qu'elle reconnut au premier coup d'œil. C'était Aguara, le jeune chef Tovas. Près de lui se trouvait une jeune fille vêtue d'un costume européen. Elle était une étrangère dans la ville, mais Nacéna l'avait déjà vue auparavant, elle la reconnut.

Son cœur brisé laissa échapper un cri et elle tomba sur la rive du lac comme si la mort eût subitement étendu la main sur elle.

En revenant à elle quelques moments après, l'Indienne ne cria pas, ne poussa pas même un soupir.

Les lèvres serrées, elle se releva, et tourna ses pas vers le village avec une démarche lente mais ferme ; son parti était pris. Elle était résolue à se venger, fût-ce au prix de sa vie.

De leur côté, Gaspardo et ses jeunes compagnons, suivant toujours la piste, étaient arrivés en vue de la ville des Tovas ou du moins en vue de l'endroit où elle s'élevait. Ils la reconnurent de loin, grâce à la fumée des nombreux feux qui se tordait en spirales au-dessus de la cime des palmiers. La journée allait finir ; l'air était tranquille et la fumée montait tout droit vers le ciel.

Ils firent halte pour se consulter sur la façon la plus prudente d'approcher. Devaient-ils entrer hardiment dans la ville et y déclarer sans détour leurs intentions?...

Cypriano et Ludwig l'auraient fait tous les deux sans hésiter, mais poussés par un motif différent. Le premier bouillait d'impatience et était torturé par son anxiété d'apprendre le sort de sa cousine, de sa fiancée. L'autre, également inquiet, espérait encore, car il avait toujours foi dans l'amitié de Naraguana dont il ignorait la mort. Il voulait lui demander la punition des meurtriers de son père et il ne doutait pas de l'obtenir de sa justice, quelle que fût la qualité des coupables.

Gaspardo, agité par des sentiments moins passionnés, pouvait mieux réfléchir. Après un instant de délibération, il déclara qu'il fallait avant tout observer leurs ennemis, qu'il pouvait n'être pas si indifférent de les aborder à tel

7

moment ou à tel autre, que son avis était en un mot que
la plus grande prudence seule pouvait les conduire au
succès.

Du point où ils s'étaient arrêtés, la route directe vers la
tolderia contournait la base de la montagne. Ils aperce-
vaient la fumée, mais la ville même leur était cachée par
un rideau de palmiers. Cependant, du sommet de l'émi-
nence, il était évident qu'on pouvait en avoir une vue
complète.

Le gaucho saisit tous ces détails d'un coup d'œil. Il
observa en outre que la montagne était boisée jusqu'à son
sommet et que, par conséquent, d'aucun point de la plaine,
des gens occupés à la gravir sous le couvert des arbres ne
pouvaient être aperçus. Du côté où ils avaient fait halte,
la pente était douce et semblait praticable à des chevaux.

Ces circonstances suffisaient pour tracer à Gaspardo la
ligne de conduite qu'il avait à suivre.

« C'est ici que nous devons monter, dit-il en montrant
la montagne et en parlant avec l'autorité que lui donnait
son expérience. Il nous reste juste assez de jour pour nous
éclairer jusqu'à notre arrivée au sommet même du mont.
Une fois là, nous examinerons, et c'est cet examen seul
qui nous indiquera ce qui nous reste à faire. »

Ses compagnons le suivirent. En dépit de leur impatience, ils sentaient qu'il avait raison, et bientôt tous trois
s'avançaient à l'ombre des grands arbres dont les longues palmes s'étendaient comme de vastes éventails au-

dessus de leurs têtes et leur dérobaient presque la vue du ciel.

La nuit arriva avant qu'ils eussent atteint le point culminant de la montagne, mais un brillant clair de lune suivit le crépuscule, et çà et là un rayon de lumière, perçant le feuillage, venait guider leur ascension.

Quand les sabots des chevaux foulèrent enfin le sol uni du plateau, leurs cavaliers se trouvèrent en face d'un spectacle étrange qui leur fit soudainement serrer les rênes; les jeunes gens même eurent peine à retenir un cri d'étonnement.

Au-dessus d'eux, s'élevaient de bizarres échafaudages dont la lune projetait les ombres allongées sur le terrain horizontal.

Cypriano et Ludwig se sentaient, en dépit de leur volonté, comme pénétrés d'un sentiment de terreur. Le gaucho, bien qu'il fût surpris comme eux par l'aspect que lui offrait le plateau, se rendit promptement compte du spectacle offert à leurs regards. Il reconnaissait un cimetière indien, et il n'y avait là rien de nouveau pour lui. En quelques mots il expliqua à ses jeunes compagnons la destination de la montagne qu'ils venaient de gravir.

Les voyageurs firent halte sous celui de ces échafaudages qui donnait l'ombre la plus large, et mettant pied à terre, ils attachèrent leurs montures aux poteaux qui le supportaient.

Cette ombre les cachait aux yeux de quiconque eût passé de ce côté. Au reste, la place était peu tentante, même pour des rôdeurs de nuit. Le respect des aïeux est tout-puissant encore parmi ces tribus.

Il était à croire qu'aucun Indien ne se hasarderait en cet endroit.

Gaspardo et les deux jeunes gens tinrent de nouveau conseil sur la résolution qu'il convenait de prendre.

Cypriano, s'appuyant sur les mêmes motifs que précédemment, opinait pour descendre immédiatement à la ville, et Ludwig se rangeait à son avis.

A quelques pas d'eux, débouchait un chemin qu'ils pouvaient suivre aisément, et qui était sans doute celui par lequel les Indiens montaient à leur cimetière.

Ludwig répétait qu'il était persuadé que Naraguana les recevrait avec amitié et ne leur refuserait pas sa protection.

Pendant qu'il parlait, Gaspardo avait escaladé le tronc entaillé qui s'appuyait contre l'échafaudage et examinait de là le corps étendu sur la plate-forme.

« Sa protection ne nous eût pas manqué certainement, dit Gaspardo, si nous nous étions adressés à lui plus tôt, mais aujourd'hui, mon cher Ludwig, il faut bien vous l'apprendre, il n'est plus en son pouvoir de nous protéger!

— Que voulez-vous dire? s'écria Ludwig violemment surpris et en jetant sur le gaucho un regard plein d'angoisses.

GASPARDO AVAIT ESCALADÉ LE TRONC ENTAILLÉ. (PAGE 100.)

— Je veux ..ire que mes pressentiments ne m'avaient pas trompé. Naraguana est mort. Le voilà couché dans son vêtement de chef. Oui, c'est bien le visage du vieux cacique. Mort comme vivant, je le reconnaîtrais entre mille. »

CHAPITRE XV

UN MORT RECONNU. — SHEBOTHA

Gaspardo descendit et laissa à ses compagnons la faculté de s'assurer à leur tour de la funeste nouvelle. Chacun d'eux examina le cadavre qui, paré de riches étoffes, et recouvert du magnifique manteau de plumes d'un chef, était couché de son long sur la plate-forme inférieure. La lune, qui commençait à descendre sur l'horizon, projetait sa lumière brillante sur la face calme et reposée du mort. Les deux jeunes gens le reconnurent immédiatement, chacun d'eux se découvrit et salua respectueusement les restes vénérables du digne vieillard qui avait été l'ami fidèle de leur famille. Après quoi, le cœur oppressé, les yeux humides, ils redescendirent auprès de Gaspardo.

Il n'était plus, celui de qui seul ils eussent pu attendre amitié, protection et justice !

Le gaucho resta pendant quelque temps silencieux et comme plongé dans ses réflexions.

« Il nous faut être attentifs et prudents, dit-il enfin. Dans une heure la lune va disparaître derrière la pampa, et alors seulement il fera sombre pour ce que j'ai l'intention de tenter.

— Qu'allez-vous oser, Gaspardo? demandèrent ensemble les deux jeunes gens au gaucho.

— Soyez tranquilles, répondit Gaspardo. Je ne suis plus d'âge et je ne suis pas d'humeur, sans avoir bien pesé mes chances, à risquer ma vie au moment où je la sais nécessaire à tous les vôtres. Je veux seulement pénétrer dans la ville, mais j'y veux pénétrer seul.

« Aucun de vous deux ne peut s'aventurer au milieu des Indiens, et à quoi servirait-il que vous vinssiez avec moi? Ce serait pire qu'inutile, car ensemble nous triplerions nos chances d'être surpris. Quant à moi, j'espère me glisser dans les toldos sans éveiller de défiance, et là apprendre quelque chose. Que les Indiens soient tous couchés ou non, je découvrirai, je pense, où est la *niña*, et ce sera déjà un pas de fait vers la délivrance. Pour le reste, ayons confiance en Dieu. »

Le raisonnement du gaucho était irréfutable. Il n'y avait aucune objection à élever contre le plan qu'il avait adopté. Les deux jeunes gens durent se résigner; le sang-froid du gaucho leur était connu et la confiance qu'il avait dans le succès de son entreprise passa dans leur âme.

Le cœur leur battait d'espérance, mais il leur fallut attendre le coucher de la lune dont Cypriano, dans son impatience, ne cessait d'accuser la lenteur.

Tous les trois, couchés sur l'extrémité du plateau, ne perdaient pas des yeux le sentier qui descendait à la ville.

Gaspardo avait modifié son costume en le faisant ressembler autant que possible à celui d'un Indien Tovas.

Enfin, la lune allait se perdre aux confins de la pampa. Déjà le gaucho se disposait à partir pour sa périlleuse expédition. Il venait de donner ses derniers conseils de prudence et de silence à ses compagnons, quand tout à coup leur attention fut éveillée par un léger bruit qui semblait se rapprocher d'eux. Ce bruit paraissait provenir des pas légers d'un être quelconque qui aurait remonté le sentier même, à l'entrée duquel ils s'étaient arrêtés pour se dire adieu.

Avaient-ils été épiés ? un ennemi avait-il surpris le secret de leur arrivée ?

Gaspardo murmura un mot à l'oreille de ses compagnons, et tous trois, quittant leur place en rampant, allèrent se cacher au milieu des branches touffues et des nombreuses racines aériennes d'un énorme figuier.

Ils ne restèrent pas longtemps dans le doute. Une forme humaine apparut à leurs yeux, gravissant en silence l'escarpement. A sa taille, à sa draperie flottante on devinait une femme, à son costume bigarré on reconnaissait une Indienne.

Après avoir fait quelques pas sur le plateau, elle s'arrêta et regarda autour d'elle comme si elle eût cherché une personne qu'elle s'étonnait de ne pas voir déjà arrivée.

Le figuier était à l'ouest et à moins de dix pas de distance de l'endroit où l'ombre s'était arrêtée, lorsqu'elle se retourna, la lune donna en plein sur son visage, et ceux qui étaient cachés sous l'arbre purent apercevoir distinctement ses traits. Ils la reconnurent tous en même temps ; ils voyaient devant eux la jeune Indienne Nacéna! Que pouvait-elle venir faire à cette heure en un pareil endroit?

La première idée qui vint à l'esprit de Gaspardo fut de s'approcher d'elle, de la bâillonner pour étouffer ses cris et, s'il était nécessaire, de la faire prisonnière. Son but, en agissant ainsi, eût été de s'en faire un otage. Il savait que Nacéna était la fille d'un chef de grande autorité dans la tribu. Une fois en leur pouvoir, ils seraient peut-être à même de l'échanger avec Francesca.

Quelques instants de réflexion firent comprendre à Gaspardo que la chose était impraticable. Pour arriver à Nacéna, il fallait franchir quelques pas à découvert. Elle ne pouvait manquer de les apercevoir avant qu'il pût lui mettre la main sur la bouche. Un cri, un appel de la jeune Indienne eussent suffi à dénoncer leur présence.

Cependant le gaucho restait convaincu qu'il y aurait un parti quelconque à tirer de cette rencontre avec Nacéna.

Son arrivée à une telle place, à une heure si indue, était une sorte d'avance de la destinée.

Ne serait-il pas possible de l'engager à les aider pour rendre la liberté à celle qu'ils recherchaient avec tant d'ardeur?

Le gaucho communiqua tout bas ses pensées à l'oreille de ses compagnons. Eux aussi ils furent persuadés qu'on devait trouver Nacéna plutôt bienveillante qu'hostile. Tous les deux l'avaient connue ainsi que son père presque familièrement. Elle était plusieurs fois venue à l'estancia avec le grand chef, et souvent, dans les excursions avec Halberger, ils l'avaient rencontrée et associée à leurs jeux enfantins.

Gaspardo et les deux jeunes gens délibéraient encore, lorsqu'un nouveau bruit pareil à celui qui les avait déjà surpris à l'arrivée de Nacéna parvint à leurs oreilles. C'était le pas de quelqu'un qui gravissait le sentier de la montagne. La jeune fille l'entendit aussi, car elle se tourna dans la direction où il se produisait.

A l'expression de ses traits, ils purent reconnaître qu'il n'y avait dans cet incident rien qui la surprît.

La personne qui arrivait était à coup sûr attendue par elle.

Les pas se rapprochaient toujours, mais lentement et comme en se traînant. Enfin, une seconde femme parut au-dessus du bord escarpé du plateau.

Sa contenance était bien propre à inspirer l'effroi, et

même l'horreur. Ridée, courbée, ratatinée, affectant au milieu de ses contorsions un certain air solennel, cette créature était évidemment une de celles qui, élevées au rang de sorcières par la superstition des Indiens, finissent par croire elles-mêmes au pouvoir surnaturel qu'on leur attribue.

La jeune fille, en apercevant celle-ci, se hâta d'aller à sa rencontre. Quand elle fut à portée de la main de la sorcière, elle tomba à genoux et resta dans cette posture de suppliante devant elle.

Le spectacle auquel assistaient Gaspardo et ses amis cachés sous leur arbre était vraiment étrange. La lune qui se couchait ne jetait plus que des ombres incertaines et éclairait de profil seulement des échafaudages dont chacun prenait un aspect sinistre.

Au milieu de ces lugubres objets, cette jeune fille prosternée aux pieds de la hideuse vieille semblait lui demander ou grâce de la vie, ou le pardon de quelque crime terrible.

Pendant deux ou trois minutes Nacéna resta ainsi agenouillée, tandis que la mégère murmurait quelques paroles, étendait son bras vers les quatre points du ciel et lui passait ensuite ses doigts sur le visage comme pour la magnétiser.

« Nacéna souffre d'un chagrin! dit-elle enfin, en accentuant ses mots.

— Oui, murmura la jeune fille à voix basse.

— Un chagrin qu'elle veut cacher à tous, car autrement elle n'aurait pas demandé à Shebotha de venir la retrouver ici.

— Shebotha, la sorcière! cette infernale harpie! dit tout bas le gaucho. Quelle diablerie est en train de se machiner? Ne faisons pas de bruit, *muchachos,* nous allons apprendre de jolies choses.

— C'est vrai, répondit Nacéna, j'ai besoin de l'aide de Shebotha; c'est vrai, je veux que cela soit ignoré de tous.

— Ha! ha! fit la sorcière en découvrant sa mâchoire édentée. Les jeunes beautés ont donc besoin quelquefois des vieilles femmes. Il ne suffit donc pas d'être belle, et tu reconnais qu'il est des puissances supérieures à la jeunesse.

— Je le reconnais, répondit Nacéna toujours prosternée.

— C'est bien, reprit la vieille, Shebotha n'ignore rien; elle sait ce que Nacéna attend d'elle. C'est un nouveau charme qui replace Aguara en son pouvoir. L'ancien a perdu sa force, le jeune chef a quitté la tolderia de sa tribu pour ramener la jeune Paraguayenne au visage pâle. Il veut faire cet affront aux filles des Tovas de leur donner pour reine une étrangère, et Nacéna ne veut pas subir cette honte. »

La jeune fille sembla hésiter avant de répondre.

« Si ce n'est que cela, continua la sorcière, Shebotha peut faire ce que Nacéna désire. »

Nacéna resta encore silencieuse, elle s'était relevée et se tenait en face de la sorcière ; quoique évidemment effrayée de se sentir en sa puissance, elle avait retrouvé toute sa résolution.

« Mama Shebotha, dit-elle enfin, le charme que vous aviez donné à Nacéna pour Aguara n'a servi à rien ; Nacéna, maintenant, n'a plus de confiance dans les charmes. C'est autre chose, c'est un remède plus sûr qu'elle implore de vous. »

Ces derniers mots étaient prononcés d'une voix sourde qui indiquait un violent combat intérieur.

« Pas de charme pour Aguara, vraiment ! reprit la sorcière ; que veux-tu ? Peut-être Nacéna désire-t-elle un breuvage pour adoucir le sommeil de ses nuits ?

— Ce n'est pas de cela non plus qu'il s'agit, reprit la jeune Indienne. Dormir la nuit pour souffrir le jour, à quoi bon ?

— Qui veux-tu donc endormir ? dit lentement la sorcière ; serait-ce Aguara ?

— Ce n'est pas Aguara.

— Qui donc ? Serait-ce la jeune fille au pâle visage ?

— C'est elle, répondit Nacéna.

— Elle a fait un long voyage, son corps et son âme sont brisés, reprit la sorcière. C'est d'un long repos sans doute qu'elle a besoin. Pour combien de temps Nacéna voudrait-elle la faire dormir ? »

L'Indienne parut comprendre instinctivement la signifi-

cation de la question qui lui était posée. En ce moment, la
violence de sa passion l'emporta, ses yeux lancèrent des
éclairs sous les pâles rayons de la lune.

« Pour toujours! répondit-elle.

— Le breuvage qui donne le long sommeil est difficile
à préparer, répondit la sorcière. Il faudra à Shebotha
bien des choses qui ne se trouvent que loin d'ici. Puis il y a
danger à le fournir. Aguara a résolu de faire de la jeune
fille au visage pâle notre reine. Il est maintenant chef de
la tribu. Sa puissance est grande; sur un soupçon il ferait
mettre à mort la pauvre vieille Shebotha. Cependant que
donnerait Nacéna pour voir la Paraguayenne s'endormir
paisiblement sans que plus jamais ses yeux se rouvrent au
soleil du Chaco?

— Tout, répliqua la jeune fille, tout ce que je possède.
Et cependant, ajouta-t-elle avec désespoir, non, Mama
Shebotha, il n'y a plus de bonheur pour Nacéna. Aguara
ne tient plus à moi. Il est bien loin, bien loin, bien loin!

— Les charmes de Shebotha peuvent te donner la
vengeance, et la vengeance est un bonheur.

— Oui, prononça la jeune fille avec une sombre violence, je veux me venger et je me vengerai. Endors-la
pour toujours, l'étrangère! et prends ce que tu voudras en
récompense, tout ce que je possède, tout, même ma vie!

— Shebotha ne faillira pas, dit la sorcière. Ce qu'elle
entreprend, elle l'achève. Nacéna promet de la récom-
penser, mais sa promesse doit être un serment. A genoux,

ici, sous cette tombe, les os de ton père sont déposés là-haut et son esprit te voit. Jure par ces restes que tu seras fidèle à ta promesse ! »

Nacéna obéit.

CHAPITRE XVI

LA SORCIÈRE PRISONNIÈRE

Gaspardo et ses jeunes amis avaient écouté cet affreux entretien avec un poignant intérêt.

Quand il se termina, leurs cheveux se dressaient sur leur tête, car il n'y avait point pour eux d'incertitude sur la personne à laquelle devait être administré le breuvage. C'était la mort même de Francesca qui venait d'être résolue.

La Providence leur était venue en aide en leur permettant de connaître cet horrible dessein ; ils se demandèrent immédiatement quelle ligne de conduite il leur fallait adopter pour y mettre obstacle.

Ils n'avaient pas beaucoup de temps pour réfléchir. Dans quelques minutes, quelques secondes peut-être, les deux femmes allaient s'éloigner, et, peut-être avant le lendemain, l'innocente victime succomberait à l'atteinte du poison.

Cette pensée émut tellement Cypriano qu'il fut sur le point de bondir pour s'emparer des deux complices ou les frapper de son machete. Il fut arrêté par le bras vigoureux de Gaspardo, qui murmura les mots suivants à son oreille :

« Attendez, elles sont obligées de repasser par ici. Si nous allons du côté de la lumière, elles nous verront, donneront l'alarme et peut-être parviendront à nous échapper. Tenons-nous prêts ; dès qu'elles seront à notre portée, vous, mes enfants, saisissez-vous de la jeune fille ; je fais, moi, mon affaire de la vieille. Mais attention : il s'agit, avant tout, d'étouffer leurs cris. »

Tandis que Gaspardo parlait, Nacéna s'était relevée, et les deux femmes sortaient de l'ombre projetée par l'échafaudage. Au moment où elles dépassaient les racines du figuier, Shebotha marchait un peu en avant. Les deux femmes soudain se sentirent assaillies. Un mouchoir appliqué vivement sur leur bouche leur interdisait de pousser un seul cri. La sorcière avait été terrifiée à la vue de ces trois hommes appartenant à la race abhorrée des Visages pâles, qui se trouvaient si inopinément dans un lieu où pas un peut-être avant eux n'avait pénétré. Elle n'avait eu ni le temps ni la faculté de faire un seul mouvement ; maintenue par le bras puissant du gaucho, toute résistance eût d'ailleurs été vaine. Approchant de sa poitrine la pointe de son couteau : « Pas un mot, lui dit-il, pas un geste, ou tu es morte ! »

LES PRISONNIÈRES PORTÉES PAR LEURS RAVISSEURS. (PAGE 114.)

8

Cypriano et Ludwig s'étaient emparés de Nacéna avec
le même succès. La jeune fille s'était débattue énergique-
ment ; elle avait voulu crier, mais elle n'en avait pas eu le
temps. Cypriano, après l'avoir bâillonnée, lui avait en
outre jeté son poncho sur la tête.

« Il s'agit maintenant, dit le gaucho, de mettre nos prisonnières à l'abri des regards curieux et de ne pas rester
au milieu de ce sentier. Les passants sont rares par ici, c'est
vrai, mais la sorcière que je tiens pourrait témoigner que
le lieu est cependant moins sûr et moins solitaire qu'elle
ne le croyait. Allons, mes enfants, à chacun sa part ; faites
comme moi et suivez-moi. »

Soulevant comme une plume la vieille femme, il se dirigea du coté du banyan, dont les racines entre-croisées leur
offraient une retraite où ils pourraient délibérer en paix.
Cypriano et Ludwig agirent de même avec Nacéna.

Le trajet n'était, du reste, que de quelques pas.

Les prisonnières, portées par leurs ravisseurs, furent
bientôt installées sous l'ombre épaisse du figuier, et, dès
que la jeune fille, rassurée par les paroles du gaucho et
par les procédés des deux jeunes gens, eut promis de ne
plus crier, on enleva la couverture qui lui enveloppait le
visage.

Son effroi acheva de se calmer en reconnaissant ceux qui
s'étaient emparés d'elle avec si peu de cérémonie.

Ainsi que nous l'avons dit, elle avait eu plusieurs fois
occasion de voir, soit à l'estancia, soit dans les excursions

d'Halberger, les deux jeunes Paraguayens. Elle connaissait mieux Ludwig que Cypriano, mais elle n'éprouvait de haine pour aucun d'eux. Elle savait qu'elle n'avait à craindre des blancs civilisés aucune des violences qu'elle aurait eu à redouter des membres de quelques tribus sauvages ennemies des Tovas. Elle s'étonnait seulement de les voir en ce lieu et de les avoir rencontrés d'une façon si inopinée.

Cet étonnement ne fut pas de longue durée. En se rappelant que sa rivale, la jeune captive de la tolderia, était la sœur de Ludwig et la cousine de Cypriano, elle s'expliqua leur présence et la ruse qu'ils avaient dû employer pour tâcher d'arriver jusqu'à elle.

Avant qu'aucune proposition lui eût été adressée, avant même qu'un seul mot eût été prononcé par les Visages pâles, l'Indienne comprit qu'elle allait trouver en eux, sinon des amis, du moins des auxiliaires. Leurs intérêts, sans être identiques aux siens, ne leur étaient cependant pas contraires. Du reste, elle ne demeura pas longtemps dans l'incertitude ; dès qu'on eut atteint le figuier, la voix de Gaspardo rompit le silence :

« Vous devez comprendre, dit-il en s'adressant aux deux prisonnières, qu'il ne vous servirait de rien, ni à l'une ni à l'autre, de vouloir ruser avec nous. Nous avons entendu toute votre conversation, nous connaissons votre projet ; vos secrets sont à nous. Pour ce qui est de toi, Shebotha, tu peux dès à présent faire ton deuil de la magnifique affaire que te proposait Nacéna. Elle eût été fort avantageuse pour toi,

tu avais mis un haut prix à ta drogue, mais l'usage que
tu en voulais faire n'eût pas été sans danger pour toi-
même. En ce qui vous concerne, Nacéna, c'est le Grand-
Esprit lui-même qui nous a mis sur votre chemin, pour
vous épargner un crime et vous tirer de la dépendance de
cette diablesse. Rien de ce que vous aviez si bien combiné
n'est nécessaire, et nous pouvons arriver au but de vos
désirs sans faire de tort ni de mal à âme qui vive... Je me
résume : si vous comprenez bien vos intérêts, vous nous
aiderez à vous débarrasser de votre rivale. En un mot,
nous sommes vos amis, puisque nous voulons comme vous
séparer à jamais Francesca d'Aguara.

— Que me proposez-vous? dit Nacéna, en quoi puis-je
servir vos desseins?

— Il s'agit tout simplement, reprit le gaucho, de nous
jurer, si nous vous laissons la liberté, que vous ne vous
en servirez que pour délivrer Francesca, et pour nous
l'amener ici même, saine et sauve. »

Nacéna jeta un regard inquiet sur la sorcière.

« Ne craignez rien de cette maudite, ajouta le gaucho ;
nous garderons Shebotha avec nous jusqu'à ce que vous
nous ayez ramené notre enfant. »

Se tournant alors vers la sorcière avec une bonhomie
qui ne l'abandonnait jamais tout à fait :

« N'est-il pas vrai, ma vieille, lui dit-il, que tu ne de-
mandes pas mieux que d'être sage, et que Nacéna n'a rien
de mieux à faire que ce que nous lui conseillons? »

La sorcière exhala un grognement affirmatif.

« Allons, donne à cette jeune fille la permission de s'en
aller, si elle y tient, commanda Gaspardo en soulevant à
demi le bâillon de la vieille. Dis-lui de suivre mes instructions, sinon, dans dix minutes, tu te balanceras à l'une de
ces branches. Parle, et dépêchons-nous! le temps est précieux.

— Pars, Nacéna, rends la captive blanche à sa famille,
rends-la à celui qui l'aime. »

Et de son doigt elle désignait Cypriano stupéfait.

« Pars et reviens, Shebotha t'attend; elle croit en toi,
crois en elle. »

Ces dernières paroles de la sorcière avaient à la fois
pour but de relever son prestige aux yeux des étrangers et
d'affermir la résolution de Nacéna. Mais celle-ci n'en avait
pas besoin : elle possédait au fond de son cœur, pour l'engager à tenir sa promesse, un motif plus fort que toute
l'influence de la crainte et toute la puissance de la superstition.

Elle posa sa main sur la main de Cypriano :

« Je ne hais plus Francesca, » lui dit-elle.

Le jeune homme était si troublé que, pour toute réponse, il s'inclina respectueusement devant elle. Nacéna
descendit le sentier de la montagne, décidée à ramener
avec elle, délivrée et tendrement guidée, la jeune fille
qu'une heure auparavant elle avait vouée à la mort.

La jeune captive blanche était enfermée dans une hutte

appartenant à un cacique inférieur de la tribu. Aguara
avait choisi cette demeure parce que ce cacique était une
de ses créatures.

Il était alors minuit ; on n'entendait plus que le vol des
oiseaux de proie et les cris des oiseaux d'eau sur le lac. Tous
les habitants de la tolderia étaient endormis. Un seul être
humain peut-être veillait encore : c'était la captive au
visage pâle. Elle était seule dans le petit toldo qui lui servait de résidence, assise à côté d'un lit en bambou recouvert de peaux de bêtes. Une chandelle faite en cire de
l'abeille *tosimi* jetait sur elle une lueur lugubre, qui éclairait ses traits désolés et ses vêtements en désordre.

Son étonnement fut extrême lorsque, sans qu'aucun
bruit l'eût mise sur ses gardes et en relevant la tête, elle
aperçut, se tenant debout devant elle dans l'attitude de
la pitié, une grande et belle jeune fille qui, le doigt sur ses
lèvres, semblait lui recommander le silence.

Cette apparition inattendue lui fit tout d'abord l'effet
d'un rêve. Comment cette jeune fille avait-elle pu pénétrer
jusqu'à elle, sans que rien l'avertît de sa présence ? Qui
était-elle et quel pouvait être son dessein ?

Un instant se passa comme dans un mutuel et involon-
taire examen. Chacune semblait se demander en quoi elle
différait de l'autre. La nouvelle venue était un peu plus
grande que la captive, et semblait d'une ou deux années
plus âgée. Le contraste entre l'une et l'autre était aussi
marqué qu'il est possible entre deux personnes du même

âge. Francesca était l'image même de la candeur, de l'innocence et de la fierté. L'Indienne, presque aussi belle que Francesca, offrait un type de sombre énergie, tempéré cependant d'un mélange de ruse et de prudence. On a reconnu Nacéna.

CHAPITRE XVII

UN SECOURS INESPÉRÉ. — DÉLIVRANCE

Francesca, elle aussi, se disait que ce beau mais étrange visage qui était devant elle ne lui était pas inconnu. La vérité est qu'elle avait vu, et plus d'une fois, Nacéna à l'époque un peu éloignée où la tribu des Tovas demeurait près de l'estancia, sur la rive du Pilcomayo.

« Francesca ne reconnaît-elle pas Nacéna? La jeune fille en grandissant a-t-elle perdu tous les souvenirs de l'enfant? demanda Nacéna.

— Francesca reconnaît Nacéna, répondit la jeune fille dans la langue des Tovas. Nacéna est devenue grande et belle. »

Un sourire étrange, où se mêlait une sorte de dépit, répondit seul d'abord à Francesca; mais bientôt, retrouvant son calme, Nacéna reprit :

« Francesca est devenue belle entre toutes. »

L'Indienne continua : « Nacéna connaît les malheurs de Francesca ; elle vient lui offrir la liberté.

— La liberté! répondit Francesca, la liberté!... Mon père est mort, et le désert me sépare de ma mère et des miens. S'ils veulent me rendre la liberté, pourquoi les Tovas me l'ont-ils ravie? Ne le sais-tu pas, Nacéna? les tiens sont les meurtriers de mon père...

— Les miens! non, répondit Nacéna ; Valdez, le meurtrier, est un Visage pâle.

— Le fils de l'ami de mon père qui accompagnait le meurtrier de mon père, qui l'assistait, qui m'a entraînée jusqu'ici, Aguara, le traître et le félon, n'est pas un Visage pâle, dit Francesca en se relevant d'un mouvement soudain.

— Francesca calomnie Aguara, murmura la jeune Indienne ; elle l'accuse d'un crime dont il est innocent.

— Aguara me fait horreur, répliqua Francesca avec véhémence. Soit-il à jamais maudit, maudit! »

Nacéna, d'un mouvement brusque, alla droit à Francesca, les yeux brillants à la fois de joie et de colère.

« Ton frère, le jeune homme aux cheveux d'or, le brun Paraguayen que tu appelais ton cousin, et l'ami et le serviteur de ton père, le gaucho qui leur sert de guide, sont près d'ici. Ils t'attendent ; je leur ai promis de leur rendre Francesca. Suis-moi.

— Est-ce vrai? est-ce vrai? dit la malheureuse enfant, d'une voix haletante d'émotion.

— Pourquoi Nacéna te tromperait-elle? répondit celle-

« VIENS, VIENS VITE, FRANCESCA. » (PAGE 122.)

ci. Pourquoi? Nacéna donnerait sa main droite pour que
déjà Francesca fût dans l'estancia de sa mère, pour qu'elle
n'eût jamais, jamais paru aux yeux des Tovas, pour que
le Chaco ne la revoie jamais. Nacéna était la fiancée d'A-
guara. Viens, viens vite, Francesca, et quitte ce pays pour
toujours. »

Prenant alors la jeune fille interdite par la main avec
une sauvage vigueur, elle l'entraîna, sans lui demander
de réponse, jusqu'à la porte du toldo. Mais une fois là,
la prudence de l'Indienne reparaissant soudain, elle s'arrêta ; et entr'ouvrant la porte avec précaution, elle jeta
au dehors un regard scrutateur, comme si elle avait à redouter quelque ennemi invisible. Après quoi, revenant
sur ses pas et rentrant dans la cabane, elle éteignit d'un
souffle rapide le cierge de cire, ce qui laissa l'intérieur de
l'habitation dans l'obscurité la plus profonde. Enfin elle
poussa la captive devant elle, et, la pressant, la guidant
de la main, elle la conduisit au milieu de la nuit à travers
les toldos silencieux de la ville indienne.

Francesca se laissa mener sans résistance. Devant elle,
il y avait un espoir, bien léger, il est vrai ; derrière elle,
elle n'en laissait aucun.

Il serait impossible de décrire les sentiments de Gaspardo et de ses jeunes amis, tandis que debout, au sommet de la montagne, ils attendaient le retour de Nacéna.
Tous trois étaient remplis d'anxiété, et surtout Cypriano.

Dans cette fiévreuse attente, les minutes étaient pour

eux des heures. Ils passaient alternativement de l'espoir au désespoir.

Leur entretien suivait toutes les phases de leurs impressions diverses. Tout à coup Cypriano tressaillit et demanda le silence. Son oreille, attentive aux moindres sons, en avait saisi un qui ne semblait pas provenir des chauves-souris ou des oiseaux de nuit. Ce n'était pas non plus le coassement monotone des grenouilles ou le chant du grillon des bois. Il lui semblait que ce ne pouvait être que le murmure d'une voix humaine, et que cette voix était celle d'une femme.

« Entendez-vous? » dit-il à Ludwig.

Ludwig écouta attentivement.

« Oui, dit-il. C'est Nacéna, c'est bien sa voix, elle vient. Elle parle, il y a donc quelqu'un avec elle ! »

Par un effet de sonorité, assez commun dans les montagnes, les voix avaient l'air d'être à peine à quelques pas des deux jeunes gens.

Chacun d'eux, le corps incliné, demandait quelle voix allait répondre à cette voix, qui ne pouvait être que celle de la jeune Indienne, mais la même voix se fit entendre de nouveau; c'était bien celle de Nacéna.

Son murmure était continu comme si elle eût parlé seule, ou eût été engagée dans un récit. Enfin elle se tut encore; ils retenaient leur souffle, tremblant que la rude voix d'un homme, en répliquant à Nacéna, ne vînt déconcerter leurs espérances.

Grâce à Dieu, leur crainte ne se réalisa pas ; une voix fraîche et jeune, une voix qu'il leur eût été impossible de ne pas reconnaître entre toutes, se fit entendre.

« Dieu soit loué! s'écrièrent-ils en se jetant dans les bras l'un de l'autre, c'est la voix de Francesca! »

Il n'y avait point de doute à conserver. Nacéna ramenait loyalement la prisonnière.

Le bouillant Paraguayen voulait descendre le sentier et courir à leur rencontre. Ludwig, plus sage, l'arrêta.

Elle arriva, non pas près d'eux seulement, mais bientôt dans les bras de son frère Ludwig et dans ceux de son cousin Cypriano. Trois noms étaient sur leurs lèvres, accompagnés de mots de tendresse : « Francesca — Ludwig — Cypriano... » Et celui de Gaspardo ne tarda pas à s'y joindre lorsqu'ils se furent rapprochés de l'endroit où le brave gaucho faisait sentinelle.

Nacéna regardait sans prononcer une parole, ainsi que Shebotha dont le silence était forcé. L'Indienne ne semblait pas mécontente de son succès, la sorcière était dévorée de douleur et brûlait de tous les feux de la vengeance.

On se félicita à la hâte, il n'y avait pas de temps à perdre.

Le gaucho était impatient de partir ; le matin approchait, et, le soleil une fois levé, ils n'oseraient plus se remettre en route. Les pentes de la montagne seules étaient boisées. La plaine qu'ils avaient traversée en approchant de la ville des Tovas était presque sans arbres ; il n'y croissait que quelques bouquets de palmiers entre les tiges grêles desquels il n'y avait point de taillis pouvant les cacher aux yeux des Indiens qui ne manqueraient pas de les poursuivre, du moins c'était à craindre.

Au lever du jour, rien ne décèlerait plus leur marche. Gaspardo et ses jeunes compagnons le savaient ; ils étaient bien décidés, s'il était possible, à franchir la plaine avant l'aurore. Le fait d'avoir laissé la captive à peu près seule pendant la nuit permettait de supposer qu'on ne découvrirait pas son absence avant le matin.

Nacéna écoutait en silence.

« Voyons, Nacéna, interrogea Gaspardo, soyez franche jusqu'au bout : si nous rendons la liberté à Shebotha, que fera-t-elle?

— Elle bondira jusqu'au village, répondit Nacéna, elle ira droit à la demeure d'Aguara, elle lui ordonnera de monter à cheval avec ses meilleurs cavaliers et de se mettre à votre poursuite. Elle lui dira que j'ai su déjouer ses projets et me dénoncera à sa vengeance. »

Shebotha avait tout compris. En écoutant Nacéna, ses yeux de démon lançaient des flammes, un sourd sifflement sortit de sa gorge, et elle fit un soubresaut si violent que si ses liens n'avaient pas été solides, elle les eût brisés.

Nacéna impassible la regardait. « Ai-je lu dans ton âme, Shebotha? » lui dit-elle.

Celle-ci, par trois fois, baissa la tête et la releva en signe d'assentiment.

« D'où il suit, s'écria Gaspardo, que, pour ce qui est
de Shebotha, l'affaire est claire. Allons, tia, dit-il, c'est
décidé, me séparer de vous me serait trop cruel ; avec ou
sans votre permission, je vous enlève ; et ce soir, quand
je vous laisserai après ma journée de marche, je pourrai me
vanter d'avoir eu le diable lui-même à mes trousses. A
présent, vite en route, mes enfants. Ludwig, votre cheval
est solide : vous vous chargerez de votre sœur ; — je fais
mon affaire de la vieille sorcière ; Cypriano, mon garçon,
vous n'aurez à penser qu'à vous. »

Gaspardo, après avoir délié Shebotha, l'entortilla dans
son poncho et la ficela de façon qu'elle ne pût faire aucun
mouvement ; puis, la prenant sur son bras vigoureux, ils
descendirent le sentier presque à pic qui conduisait à l'endroit où ils avaient caché leurs chevaux.

En un clin d'œil ils furent sellés et prêts à partir. Nacéna et Francesca se tenaient par la main ; le moment des
adieux était arrivé. Francesca avait des larmes dans les
yeux.

« Viens avec nous, dit-elle une fois encore à Nacéna, tu
seras ma sœur. »

Nacéna l'attira brusquement sur sa poitrine et l'y tint
étroitement serrée un instant. Une sorte de sanglot sortit
de cette étreinte ; après quoi, montrant la tolderia d'une
main :

« Mon peuple est là, dit-elle, adieu ! »

Soulevant alors avec une vigueur inattendue Francesca

dans ses bras nerveux, elle l'assit sur le cheval de Ludwig, et disparut comme eût pu le faire une gazelle.

CHAPITRE XVIII

LE RÉVEIL DES TOVAS

La jeune Indienne se dirigea vers le toldo de son frère. Elle le trouva debout ; deux guerriers influents de la tribu tenaient une sorte de conseil avec lui.

Nacéna demanda à être entendue d'eux ; elle leur raconta ce qui venait de se passer.

« Tu as bien fait, lui dit son frère.

— Nacéna a bien agi, » lui dirent à leur tour les deux chefs.

Il fut décidé qu'ils rassembleraient, dès que le jour serait venu, le conseil des vieillards, pendant que de son côté Nacéna convoquerait l'assemblée des matrones.

Là, il serait résolu qu'on appellerait Aguara pour qu'il eût à s'expliquer devant la tribu tout entière. Les femmes étaient indignées que le jeune chef eût pensé à leur donner pour reine une étrangère ; c'était un affront fait non seulement à Nacéna, mais à toutes les femmes de la tribu. Les vieillards, en souvenir de Naraguana, ne voulaient pas le condamner sans l'entendre. D'ailleurs, Aguara avait des partisans ; un certain nombre de jeunes guerriers, ses compagnons de chasse et de plaisir, tenaient pour lui ; Valdez aussi, le renégat, était à ménager. Son esprit souple et délié, sa férocité, son courage lui donnaient une influence dont il fallait tenir compte, si l'on voulait éviter de jeter la division dans la tribu et conjurer les dangers d'une guerre civile.

La nuit s'était achevée dans les conciliabules ; déjà le soleil se montrait à l'horizon.

La disparition de Francesca n'allait plus pouvoir rester secrète. Il n'y avait pas un instant à perdre. Il fut décidé qu'une députation de vieillards se rendrait à la demeure d'Aguara.

A leur grand étonnement, ils trouvèrent la ville déjà remplie d'agitation. Les Tovas sortaient de leurs toldos aussi rapidement que si l'un de leurs éclaireurs était entré dans la ville et avait annoncé l'arrivée subite d'un ennemi redoutable.

Ce qui avait produit cette soudaine émotion, c'était Shebotha ; Shebotha échappée évidemment des mains de Gaspardo. Elle avait traversé la ville en poussant des cris sauvages et ne s'était arrêtée que devant la demeure d'Aguara, en l'interpellant violemment par son nom. Aguara n'avait pas tardé à paraître.

« Que se passe-t-il ? s'était-il écrié, et pourquoi ce tumulte ?

— Ce qui se passe, répondit Shebotha. Allez au toldo où vous gardiez votre prisonnière, et vous le verrez,

Aguara ; vous le trouverez vide... L'oiseau blanc, aidé par des traîtres, s'est envolé. »

Aguara n'attendit pas la fin de son discours. Il s'élança hors de son toldo et courut vers celui qu'avait occupé Francesca. Quand il se fut assuré qu'elle n'y était plus, un cri de rage sortit de sa poitrine ; se tournant vers les Indiens qui l'avaient suivi, il les convia à la vengeance, et se mettant à leur tête, ils parcoururent en tous sens les rues de la tolderia. Shebotha marchait à ses côtés, racontant l'évasion. Valdez était devenu le centre d'un groupe, et ce n'était pas le moins animé.

En moins de temps qu'il n'en eût fallu à la plus habile cavalerie du monde, ces centaures de la pampa sud-américaine avaient rassemblé leurs chevaux et se tenaient prêts à partir. Shebotha devait servir de guide. L'espoir d'une revanche doublait l'activité de l'affreuse créature. D'une voix stridente, elle proclamait la honte qui rejaillirait sur la tribu tout entière pour s'être laissé duper aussi aisément, pour n'avoir pas su garder une enfant.

Valdez expliquait que le succès ne pouvait être douteux. Shebotha avait nommé les sauveurs de Francesca. Deux adolescents et un homme seul, embarrassés dans leur marche par une jeune fille, n'étaient pas pour faire reculer les Tovas. Au lieu d'un prisonnier, on en ramènerait quatre.

Sous cette impulsion, enflammés par leurs chefs, les plus jeunes parmi les guerriers galopaient déjà autour de la montagne des morts dans l'espoir de couper aux fugitifs le

9

chemin de la plaine. Shebotha, montée sur un cheval à
moitié sauvage, courait en avant.

Aguara avait rassemblé une centaine de lances ; c'était
sa troupe d'expédition. Il en avait pris la tête. Au moment
où cette troupe allait franchir les limites de la ville, on aurait pu voir une figure sombre, celle d'une jeune femme,
qui coupait au court et se glissait au milieu des arbres. Un
jeune Indien, armé, la suivait.

Les deux jeunes gens s'arrêtèrent un instant. Ils examinèrent en silence le terrain. C'était une gorge étroite, par
laquelle la troupe commandée par Aguara devait passer
bientôt ; le lieu était propice à leur dessein.

L'Indien se mit en embuscade derrière un rocher, dont
la cime dominait le passage. La jeune fille monta lentement sur cette cime et s'y tint immobile comme une statue.

Aucune parole n'avait été échangée entre eux. Un quart
d'heure se passa, après lequel le bruit encore confus que
fait le galop lointain d'une troupe de cavaliers se fit entendre. La figure d'en haut, pas plus que celle d'en bas,
ne parurent s'en émouvoir. Aucun geste ne donna à penser
que le bruit fût parvenu jusqu'à eux.

Le bruit se rapprocha. La gorge, trop étroite, ne permettait plus, sans doute, aux chevaux de galoper. Les
coursiers avaient pris le pas, et l'on comprenait même, au
son de leur allure, que déjà le défilé avait dû commencer.
C'était le pas régulier et monotone de chevaux qui se sui-
vent dans un sentier resserré.

Bientôt un cavalier apparut. A ses insignes, à sa mine hautaine, on distinguait en lui le chef même de la troupe. C'était Aguara. Il allait dépasser le rocher où se tenait dans l'ombre le jeune Indien, que nous avons signalé tout à l'heure. On vit soudain un second Indien s'élancer sur la croupe du cheval d'Aguara. Un éclair brilla, la lueur d'un poignard, et celui-ci tomba, précipité comme une masse sous les pas de son cheval, qui avait ainsi changé de maître.

Cependant l'animal, éperonné violemment sans doute, s'était jeté, par un sursaut rapide de quelques pas en avant, par-dessus le cadavre d'Aguara. La gorge, élargie en cet endroit, avait permis à son nouveau cavalier de lui faire faire volte-face... La lance du mort était dans ses mains. Il fondit comme un vautour sur le second cavalier, à qui la configuration du chemin avait à peine permis de voir ce qui se passait, et lui enfonça l'arme dans la poitrine.

Aguara n'était plus, et le meurtrier d'Halberger, Valdez, venait de recevoir le châtiment de son crime...

La nouvelle passa, rapide comme la pensée, du troisième cavalier jusqu'au dernier. La troupe tout entière s'était arrêtée, ne sachant combien d'ennemis elle avait à combattre. Elle n'en avait qu'un, mais ses deux chefs étaient morts, et le jeune Indien qui revenait vers eux était le plus redouté et jusque-là le plus respecté des guerriers de la tribu : c'était le frère de Nacéna.

Sur son ordre, ils passèrent tous le défilé. Les ayant fait
ranger en cercle autour de lui, il leur dit qu'il avait vengé
à la fois l'honneur de sa sœur trahie par Aguara, et celui
de toutes les femmes de la tribu, pour lesquelles la recherche d'une femme au visage pâle par Aguara était un
outrage irrémissible. Il ajouta qu'en mettant Valdez à
mort, il avait fait justice du meurtrier d'Halberger, l'ami
de leur grand chef, leur hôte à tous autrefois; ce n'était
qu'un traître, un renégat, dont la présence et dont l'exemple étaient un opprobre pour la tribu tout entière. Il ajouta
qu'il en appelait au conseil des vieillards de la justice de sa
cause, et qu'il s'en remettait au jugement public.

Son allocution, interrompue d'abord par des murmures,
avait fini par enlever les applaudissements de toute la
troupe.

La rentrée du frère de Nacéna dans la tolderia fut un
véritable triomphe.

La mort d'Aguara et celle de Valdez avaient simplifié
considérablement les choses. La justice est sommaire parmi
les Indiens. Le frère de Nacéna fut élu cacique à l'unani-
mité par les guerriers de la tribu, et la sorcière fut expulsée
de la tolderia.

Pendant que ces événements se passaient, nos fugitifs,
qui les ignoraient, poursuivaient leur route avec un redou-
blement de rapidité. La disparition de la sorcière, qui avait
trouvé le moyen de glisser comme un serpent entre les
liens avec lesquels Gaspardo croyait s'être assuré d'elle,

était un motif de plus pour eux de ne prendre ni repos ni trêve.

« Caramba! s'écriait Gaspardo, j'ai été fou en vérité de ne pas étrangler la vieille scélérate pendant que j'avais la main sur elle. Pourvu que cette fois les éléments ne se mettent pas contre nous, que le ciel reste pur et que quelque obstacle inattendu ne surgisse pas tout à coup sous nos pas!... »

Il achevait à peine cette réflexion que l'obstacle qu'il redoutait se présenta; leurs chevaux, qui n'avaient pas quitté le galop, s'arrêtèrent simultanément en reniflant et en soufflant bruyamment.

Quelle pouvait être la cause de ce brusque effroi ? L'atmosphère était humide et fraîche comme dans le voisinage d'une vaste nappe d'eau.

« Une lagune! » s'écria Gaspardo en se redressant sur le cou de son cheval et en essayant de percer l'obscurité du regard.

Cet obstacle inattendu mettait à une rude épreuve le sang-froid du gaucho. Si on le tournait, c'était une perte de temps des plus dangereuses. Il n'y avait pas à hésiter; il fallait le franchir. Il tira sa montre de sa poche.

« L'aube va se faire dans quelques instants, dit-il; attendons, un peu de repos ne fera pas de mal à nos montures, et il faut voir clair pour la besogne que cette rencontre nous apprête. »

Une lueur blafarde illuminait déjà l'horizon à l'est, et

annonçait le prochain lever du jour. Elle leur montra un spectacle plus désespérant encore qu'ils ne l'avaient pensé : la cienega était si large qu'il leur eût été impossible de la tourner, à moins de faire un immense circuit.

« *Carrai!* murmura le gaucho entre ses dents, ce maudit marais est un véritable lac. Le voilà qui tourne du mauvais côté, comme s'il voulait nous ramener entre les griffes de ceux qui nous poursuivent. »

Tout en parlant, les yeux de Gaspardo tombèrent sur la surface de l'eau, miroitant à la douteuse clarté de l'aube.

Une pensée jaillit dans son esprit, et il laissa échapper une exclamation d'espoir.

Pendant que les chevaux buvaient, il avait remarqué que le fond de la lagune était solide sous leurs pieds, et il savait que ce caractère était assez commun dans ces réservoirs de la pampa. Celui qu'ils avaient devant leurs yeux pouvait être peu profond, et dans ce cas, pourquoi ne le traverseraient-ils pas?

Il ne perdit pas de temps à réfléchir ; faisant face à la cienega, il dit à ses compagnons de le suivre, et entra résolument dans l'eau.

CHAPITRE XIX

UNE PISTE ADROITEMENT DISSIMULÉE

Ils avancèrent d'abord doucement, le gaucho à une bonne distance en avant, sondant la route et dirigeant ses compagnons. Bientôt la surface de l'eau se découvrit davantage ; les joncs devenaient moins épais et encombraient moins la lagune.

Au bout d'un certain temps, ils se virent au milieu d'une eau claire et libre de végétation, mais cependant peu profonde et recouvrant un terrain solide. Leurs chevaux marchaient avec assurance, comme s'ils sentaient qu'il n'y avait point de vase et par conséquent pas de danger d'enfoncer.

Ils continuèrent ainsi en ligne directe vers le bord opposé, et en étaient arrivés à moins de cent mètres, quand le gaucho s'arrêta court en faisant signe aux autres de l'imiter.

Se dressant sur ses étriers, Gaspardo examinait minutieusement le bord de la lagune, comme s'il cherchait un endroit pour aborder. Mais telle n'était point son intention, car après quelques secondes d'examen, il tourna au contraire son cheval vers la gauche et commença, ainsi que ses compagnons, à s'avancer en suivant parallèlement le bord.

Le gaucho conserva la même direction pendant près d'un mille, sans prononcer un mot, dirigeant toujours sa

course d'après les inflexions du rivage, qui maintenant
devenait de plus en plus distinct. Il cheminait aussi rapidement que possible et jetait parfois un regard inquiet derrière lui. En revanche, ses oreilles étaient toujours en
alerte ; parfois il croyait entendre au loin les cris des sauvages Indiens.

Enfin il sembla penser qu'il avait assez obliqué, et, ti-
rant la bride de son cheval, il le fit arrêter. L'animal
restait immobile avec de l'eau jusqu'aux jarrets. Descen-
dant alors silencieusement de sa selle, Gaspardo passa la
bride à Cypriano, en lui recommandant de la tenir ferme
et d'empêcher son cheval de le suivre.

Ceci fait, il alla auprès de ses jeunes amis, leur demanda leurs ponchos et leurs caronas, qu'il déposa sur le
bord en les y étendant comme des tapis, les uns après les autres, au grand étonnement des jeunes gens et de Francesca.
Mais ils ne restèrent pas longtemps en suspens.

Le gaucho reprit son cheval des mains de Cypriano et
le conduisit sur la route ainsi tapissée, en veillant attentivement à ce qu'il ne mît pas les sabots par terre. Ce
n'est pas tout ; une fois là, il se mit en mesure d'enve-
lopper chacun des pieds de sa monture dans des morceaux
de jergas et de caronillas, et les fixa en guise de bottines,
avec des cordes, à chacune des jambes de l'animal ; puis,
ayant renouvelé avec un sang-froid exemplaire cette opéra-
tion au profit des autres chevaux, il les conduisit l'un après
l'autre au delà de la garniture des ponchos et des caronas.

Rassemblant ses tapis, et montrant la forêt à ses amis :
« Quand nous serons là, après ces précautions prises,
dit-il, nous commencerons à respirer. Bien fins seront les
Indiens s'ils retrouvent notre piste. »

CONCLUSION

Nous ne suivrons pas davantage nos voyageurs dans
les détails de leur fuite. Ils passèrent la nuit au milieu
de la forêt. Nuit réparatrice dont Francesca et les deux
jeunes gens avaient grand besoin. Il faut dire, du reste,
qu'autant Ludwig et Cypriano avaient été inquiets dans
leur première expédition, autant, dans celle qui avait pour
but leur retour, ils se montraient confiants et rassurés.
Il ne leur paraissait pas possible qu'après leur avoir rendu
Francesca par une succession d'événements si extraordi-
naires, Dieu voulût les abandonner alors qu'ils appro-
chaient du but.

Au bout de trois jours, après des épreuves dont les plus
inquiétantes furent pour eux la difficulté de trouver à se
nourrir, le gibier s'étant assez rarement montré à portée
de leurs armes, ils parvinrent sur la rive d'un fleuve, dans
lequel Gaspardo retrouva une ancienne connaissance. C'é-
tait une branche du Pilcomayo. En le reconnaissant, le
gaucho ne put retenir un cri de joie. Il était enfin dans un
pays connu et il se disait que, sauf des éventualités peu

probables, quelques jours de marche suffiraient à les ramener à l'estancia de son ancien maître. Grâce à Dieu, il pouvait donc espérer de remettre Francesca entre les mains de
sa mère. Il ne rapportait pas la joie à cette veuve désolée ;
mais, en lui rendant l'enfant qu'elle avait crue perdue, en lui
remettant sains et saufs Ludwig et Cypriano qu'elle avait
confiés à sa garde, le brave homme se rendait le témoi-
gnage qu'il donnait à sa chère maîtresse les seules con-
solations qui pussent l'aider à supporter la vie.

Dieu fut miséricordieux. Il réunit enfin ceux qui avaient
été séparés. C'était bien l'estancia qui était sous leurs yeux,
et, sous la véranda où l'épouse avait attendu autrefois son
mari et sa fille, elle attendait encore. Bientôt Francesca,
Ludwig et Cypriano se précipitèrent dans les bras de la
pauvre mère. Après les premières ivresses du retour, chacun se retournant sembla se dire qu'il manquait à cette fête
quelqu'un qui ne pouvait pas être oublié. Où donc était
celui qui avait été pour chacun d'eux une providence dans
cette double expédition? où donc était le gaucho? Le brave
et rude homme était resté à quelques pas de la véranda,
adossé à un arbre, le visage caché dans ses mains : de grosses
larmes coulaient entre ses doigts. Ce fut la petite main de
Francesca qui le força à les montrer, ces larmes dont il
n'avait certes pas à rougir.

La señora Halberger, mise au courant en peu de mots
de tout ce qu'il avait fait pour ses enfants, était descendue
des marches du perron.

« Je ne puis vous remercier, lui dit-elle, mon ami, qu'en vous serrant, moi aussi, sur mon cœur, et qu'en vous disant que, pour les enfants comme pour moi, vous êtes désormais plus, sinon mieux qu'un ami ; vous êtes un parent. Gaspardo, vous faites à jamais partie, non plus de la maison, mais de la famille. »

Pour cette fois, le brave gaucho ne put y tenir. Il se mit à pleurer et à sangloter comme un enfant.

Quand il se fut remis, le gaucho, tout rougissant encore, demanda à la señora Halberger la permission d'émettre un dernier avis, et qu'on voulût bien le considérer encore pour quelques jours comme le chef d'une expédition qui lui paraissait nécessaire.

Il représenta à la señora que, tant que, d'une part, le dictateur Francia vivrait, et que tant que, de l'autre, Aguara et Valdez auraient pleins pouvoirs sur la tribu des Tovas, l'estancia ne serait pas un lieu sûr pour elle et pour les siens. Instruit par le passé, Gaspardo savait qu'on ne les y laisserait pas en repos. Le lieu de la retraite d'Halberger, étant connu de Valdez, ne pouvait demeurer longtemps un secret pour le dictateur. Il n'eût pas été sage non plus de croire qu'Aguara renoncerait à tirer vengeance de la disparition de Francesca. Il n'y avait donc pas un jour, pas une heure peut-être à perdre, pour dépister les Indiens. Ils avaient fait, eux, pour dérouter leurs poursuites, un énorme détour. A vrai dire, en approchant de l'estancia, Gaspardo avait craint de la

trouver au pouvoir d'Aguara. Il ne s'expliqua pas que la
señora, depuis trois jours, n'eût pas été inquiétée, car
depuis trois jours Valdez et Aguara, les devançant en
prenant la ligne droite de la tolderia à l'estancia, auraient
pu se montrer dans le pays. Peut-être s'y cachaient-ils
quelque part pour épier le retour de Francesca et de son
escorte, et enlever du même coup toute la maison.

La señora Halberger répondit à Gaspardo que tout ce
qu'il venait de dire était plein de sens et qu'elle n'hésite-
rait pas à suivre son conseil si les choses étaient restées
telles qu'il devait nécessairement le croire ; mais que, grâce
à Dieu, elle était en mesure de le rassurer sur tous les
points. Le lendemain même de son départ avec Ludwig
et Cypriano, la nouvelle de la mort du dictateur Francia
avait été apportée dans le pays, et depuis elle s'était con-
firmée. Un avis envoyé par un ancien ami de son mari lui
avait appris que le Paraguay lui était donc rouvert au
cas où la famille Halberger eût désiré y rentrer ; mais elle
avait mieux encore à lui dire : un messager de la tolderia
des Tovas, un messager de paix, lui était arrivé l'avant-
veille de leur retour à eux-mêmes, et l'avait prévenue que
leur expédition avait eu un plein succès, qu'ils ne seraient
pas poursuivis et que d'heure en heure elle devait compter
les voir arriver.

« C'est pourquoi, dit-elle, vous m'avez trouvée sur la
véranda, non plus désespérée, mais vous attendant tous
avec la confiance que bientôt vous me seriez rendus. »

DEUX ESTANCIAS S'ÉLÈVENT A COTÉ DE LA MAISON PRINCIPALE. (PAGE 142.)

Gaspardo, Ludwig et Cypriano n'en croyaient pas leurs oreilles. Qui donc avait pu, parmi les Indiens, avoir cette bonne pensée d'envoyer à l'estancia Halberger un messager de paix? et qu'avait-il pu se passer à la tolderia pour que l'envoi de ce messager fût possible?

« Nous sommes des ingrats! s'écria Francesca; nous oublions Nacéna. »

Et s'adressant à sa mère :

« N'est-ce pas, mère chérie, que l'Indien dont tu nous parles te venait surtout de la part d'une jeune Indienne nommée Nacéna?

— C'est vrai, répondit la señora. Ce messager était en outre chargé de nous apprendre qu'Aguara et Valdez avaient enfin reçu le châtiment de leurs forfaits, qu'ils étaient morts, et que le frère de Nacéna avait été élu cacique des Tovas. »

En apprenant toutes ces heureuses nouvelles, Gaspardo ne put se contenir. Il lança en l'air son chapeau en signe d'allégresse en criant : « Vive Nacéna! »

Que si vous voulez, lecteurs, jeter un dernier regard sur l'estancia Halberger et savoir ce qui s'y passait six ou huit ans environ après tout ceci, je vous la montrerai singulièrement embellie et agrandie. Deux estancias s'élèvent à côté de la maison principale toujours habitée par la señora Halberger, dont Gaspardo est devenu l'intendant et dont son activité et ses aptitudes singulières ont fait la fortune. Dans l'une de ces habitations, vit heureux, laborieux et paisible, un jeune et charmant ménage, celui de Cypriano. Sa jeune femme, dans laquelle vous n'aurez pas de peine à reconnaître Francesca Halberger, est entourée de trois beaux enfants.

Dans l'autre maison, même spectacle : cherchez les noms, mais ne cherchez que cela, c'est le même bonheur. Ludwig Halberger, devenu le mari d'une jeune et belle Paraguayenne, fille d'une ancienne amie de sa mère, est, lui aussi, le père de trois charmants petits enfants.

De grands bâtiments de ferme s'étendent non loin de là, habités par d'industrieux, par d'heureux colons.

Si vous regardez plus loin encore, vous verrez, abritée par une colline, une tolderia moins vaste que celle que je vous ai décrite, mais plus jolie. Les toldos s'y ressentent du voisinage de la civilisation ; de nombreux troupeaux paissent à l'entour. Vous connaissez la reine de cette tolderia nouvelle : c'est Nacéna.

Il est à croire qu'il existe plus d'une manière d'être heureux, puisque les habitants des estancias Halberger sont heureux à coup sûr, et que les Indiens de la tolderia Nacéna semblent fort satisfaits, eux aussi, de leur sort. Grâce à Nacéna, la civilisation a pénétré parmi les siens. La tolderia Nacéna est un village, une petite ville chrétienne. — Et vous pouvez voir d'ici qu'une maison d'école et une église en font le centre et en sont les bâtiments principaux.

FIN

TABLE DES CHAPITRES

Pages.

CHAPITRE PREMIER. — El Gran Chaco. — Deux voyageurs   7

CHAPITRE II. — Une Estancia solitaire.   12

CHAPITRE III. — Le retour du mari.   18

CHAPITRE IV. — Une maison en deuil.   24

CHAPITRE V. — Le cortège d'une prisonnière.   32

CHAPITRE VI. — La Tormenta.   36

CHAPITRE VII. — Entre un tigre et un torrent.   47

CHAPITRE VIII. — Le hasard.   54

CHAPITRE IX. — Arrêtés par un riacho. — Les grues.   59

CHAPITRE X. — En remontant le Pilcomayo.   65

CHAPITRE XI. — Le sac perdu.   68

CHAPITRE XII. — Les autruches. — Les Vizcachas.   76

CHAPITRE XIII. — La piste retrouvée.   84

CHAPITRE XIV. — La ville sacrée des Tovas. — Nacéna.   93

CHAPITRE XV. — Un mort reconnu. — Shebotha. 102

CHAPITRE XVI. — La sorcière prisonnière. 111

CHAPITRE XVII. — Un secours inespéré. — Délivrance. 119

CHAPITRE XVIII. — Le réveil des Tovas. 127

CHAPITRE XIX. — Une piste adroitement dissimulée. 135

CONCLUSION. 137